KB143517

예고도 없이
나이를 먹고 말았습니다

MAMA NO HIBI

ⓒ Yoko Mure 2018

First published in Japan in 2018 by KADOKAWA CORPORATION, Tokyo.

Korean translation rights arranged with KADOKAWA CORPORATION,

Tokyo through Danny Hong Agency.

이 책의 한국어판 저작권은 대니홍 에이전시를 통한 저작권사와의 독점 계약으로

경향미디어(경향BP)에 있습니다.

저작권법에 의해 한국 내에서 보호를 받는 저작물이므로 무단 전재와 복제를 금합니다.

예고도 없이
나이를 먹고
말았습니다

무레 요코 지음

이현욱 옮김

경향BP

차례

나이가 들어도 덜렁이는 역시 덜렁이다 • 8

눈썹 정리는 여전히 어렵다 • 12

흰머리를 내버려 두기로 했다 • 16

가시가 있는 생선이 더 맛있다 • 20

불안해도 아무 말도 하지 못한다 • 24

정리수납 전문가의 도움이 필요하다 • 28

붙이는 속눈썹도 진화한다 • 32

부모 일정에 맞춰 출산을 할 수 있다니… • 36

부끄러움을 모르는 어른 • 40

요리 기계로 만든 음식이 더 좋은 것일까 • 44

겉으로만 예의바른 사람들 • 48

가전제품도 무더위에 지치는 걸까 • 52

이젠 연애운보다 현실적인 문제가 더 궁금하다 • 56

싸움에 진 개의 기준은 엄격하다 • 60

'많이 담는' 블로거들 • 64

부록을 얻기 위해 잡지를 사는 사람들 • 68

모자도 쓰다 보면 자연스럽게 어울린다 • 72

에스컬레이터 타는 타이밍 잡기 • 76

서구화되는 외모 • 80

나이 들어서도 사이좋은 부부가 되려면… • 84

이해되지 않는 젊은이들의 행동 • 88

여름을 쾌적하게 보내는 법 • 92

약혼반지를 남긴 도둑 • 96

무리하면 안 되는 나이 • 100

개도 자신만의 취향이 있다 • 104

기계로 발급받은 인감증명서 • 108

자전거 사고도 위험하다 • 112

이해하기 어려운 아빠들 • 116

신변의 안전이 가장 우선이다 • 120

아주 소소한 것이 주는 기쁨 • 124

마음에 든다면 가격이야… • 128

모두가 스포츠를 좋아할 필요는 없지만… • 132

ㅂ과의 싸움 • 136

걸그룹 춤 따라 하기 • 140

따뜻한 마음이 없는 사람 • 144

외식할 때 무엇이 더 중요한 걸까 • 148

잘못 보는 일이 자주 생긴다 • 152

기본 예의를 가르치지 않는 부모 • 156

사용하기 편한 수첩이 없다 • 160

왜 모발에 성가신 변화가 찾아오는 걸까 • 164

아이가 원한다면 다 들어줘야 할까 • 168

있는 그대로가 좋다 • 172

타투를 한 엄마들 • 176

진짜 미인이 보고 싶다 • 180

깊게 생각하지 않고 습관대로 한다 • 184

나이 들어도 저렇게는 하지 말아야지 • 188

조금 더 너그러웠으면… • 192

다리가 짧아서… • 196

자기반성이 필요하다 • 200

어학 능력보다는 커뮤니케이션 능력 • 204

장수는 선택받은 사람만 가능한 것 • 208

미니멀 라이프를 꿈꾸지만… • 212

또래 중에서는 자기가 가장 어려 보인다 • 216

앉은키 콤플렉스 • 220

매운맛에 대한 도전 • 224

나이 들면 가려움이 몸에서 배어 나오는 걸까 • 228

종이는 여전히 소중해 • 232

정직한 가게가 그립다 • 236

의미를 알기 어려운 약어 • 240

여전히 어이없는 실수를 저지른다 • 244

나는 덜렁이다. 나이가 들면 차분해져 자연스럽게 괜찮아질 거라 생각했다. 하지만 50대 중반이 지났는데도 덜렁거리는 성격은 전혀 바뀔 기미가 보이지 않는다.

나이가 들어도
덜렁이는 역시 덜렁이다

나는 덜렁이다. 초등학교에 입학하기 전에는 공원의 미끄럼틀 꼭대기에서 왠지 모르게 다리가 꼬여서 하늘과 땅이 반대가 되어 머리부터 미끄러져 내려왔다. 내 앞에서 미끄럼틀을 타다가 내 머리에 엉덩이가 부딪힌 남자아이는 놀란 얼굴로 거꾸로 내려온 나를 계속 쳐다봤다.

가족들과 함께 백화점에 갔을 때 모두가 이미 아래층으로 내려갔다고 착각한 나머지 당황해서 하행 에스컬레이터가 시작되는 부분에 발이 걸려 넘어져 아래층까지 굴러 떨어신 적도 있다. '굴러가는구나!' 하고 묘하게 냉정해진 상태에서 바닥에 떨어졌는데, 엄청난 속도로 달려온 직원이 "괜찮아? 괜찮아?" 하고 몇 번이나 물으면서 몸을 쓰다듬어 준 기억이 있다.

초등학교 저학년 때는 TV에서 프로레슬링 경기를 보다가 레슬링 선수가 코너 기둥에서 뛰어내려 상대편 선수에게 니 드롭을 하는 것이 너무 멋있어 보여서 나도 해 봐야겠다고 생각했다. 의자를 꺼내 아기 옷장으로 올라가 적으로 간주한 다다미 위의 방석으로 뛰어내리며 기술을 걸려고 했다. 그런데 그때도 균형을 잃고 머리부터 바닥으로 떨어졌다. 어떤 상황에서도 다치지 않은 것은 그저 운이 좋았을 뿐이다.

어른이 되어서도 술에 취하지 않았는데 음식점 화장실 변기에 엉덩이가 빠진 적이 세 번이나 있다. 변기 시트가 올라가 있었는데 눈치 채지 못하고 그대로 앉아 버린 것이다. 세 번 모두 같은 가게였다는 사실은 나 자신도 이해가 되지 않는다.

그래도 나는 분명히 나이가 들면 차분해져 자연스럽게 괜찮아질 거라 생각했다. 하지만 50대 중반이 지났는데도 덜렁거리는 성격은 전혀 바뀔 기미가 보이지 않는다.

저녁식사 후에 설거지를 끝내고 한숨을 돌리며 수건으로 손을 닦기 전에 양손의 물을 털기 위해 싱크대 위에서 힘차게 손을 흔들다가 수도꼭지에 손가락을 있는 힘껏 부딪히곤 한다.

"…"

너무 아픈 나머지 목소리도 나오지 않는다. 욱신거리는 손
가락을 수건으로 닦으면서 혼잣말로 중얼거린다.

"도대체 왜 이러지…."

얼마 전에도 누르면 거품이 나오는 펌프식 핸드워시를 쓰
려고 오른손으로 뚜껑 부분을 힘차게 눌렀는데 왼손에서 격
렬한 통증이 느껴졌다. 도대체 무슨 일이 일어났는지 알지 못
한 채 반사적으로 양손을 뒤로 숨기고 잠시 핸드워시를 바라
봤다. 마음을 안정시킨 뒤 다시 천천히 아까의 행동을 되짚어
보니 거품을 받으려고 내민 왼손이 너무 앞으로 나가서 펌프
용기 뚜껑이 내려갈 때 뚜껑과 본체 사이에 손가락이 낀 것이
었다.

"…."

너무 바보 같아서 아무 말도 나오지 않았다. 이 나이에도
몸은 이 모양이다. 덜렁거리는 성격이 바뀔 기회가 있을 것인
지, 아니면 이대로 나이를 먹을 것인지 나로서는 전혀 상상이
되지 않는다.

어떻게 하면 자기 얼굴에 어울리는 예쁜 눈썹을 가질 수 있을까? 수십 년이 지나도 눈썹 정리 기술이 늘지 않는 나에게는 상상하기도 어려운 일이다.

눈썹 정리는
여전히 어렵다

나는 젊은 시절에도 화장을 많이 하지 않았다. 파우더와 얼굴색을 화사하게 보이기 위해 립스틱 정도는 발랐지만 그 이외의 것은 전부 무시하는 편이었다. 이런 나를 보고 친구는 화장의 포인트는 눈이기 때문에 눈 화장도 조금 하면 좋을 것 같다고 했다. 화장은 얼굴의 결점을 커버한다는 의미도 있기 때문에 기초화장보다 작은 내 눈을 화장 기술로 보완하는 편이 더 낫다는 것은 어찌 보면 맞는 말이었다.

그런데 막상 아이라인을 그려 보니 '봐봐, 여기 작은 눈이 있어.'라고 세상에 알리는 것 같고, 마스카라를 하니 눈 밑에 마스카라가 묻어나 검게 변했다. 아무리 시간과 노력 그리고 돈을 들여도 나의 눈 화장은 쓸모가 없는 같아 포기하고 결국 아무것도 하지 않게 되었다.

30대 중반의 어느 날 거울 속의 내 모습을 보니 립스틱을 발랐는데도 얼굴이 깔끔해 보이지 않았다. 그때 처음으로 립스틱보다 눈썹이 더 중요하다는 사실을 깨달았다.

아무것도 하지 않아서 마음대로 자란 눈썹은 한계에 도달해 있었다. 2B 연필로 눈썹을 짙게 그려 보니 입체적이지 않은 얼굴이 조금은 뚜렷해 보여서 눈썹칼과 아이브로 제품을 사 와서 눈썹 정리를 시작했다.

하지만 눈썹 정리에는 전문가의 기술이 필요했다. 거울 앞에 딱 붙어 앉아서 1~2밀리미터를 자르고 거울에서 떨어져 확인한 다음 다시 거울 앞에 앉아서 작업을 계속했다. 이 과정을 몇 번이고 반복하고서 예쁜 눈썹으로 변신했느냐고 묻는다면, 애석하게도 조금만 더 자르면 눈썹머리만 남을 것 같은 상황이 되었다. 눈썹을 어느 정도 진하게 그려야 할지 몰라서 계속 그리다 보니 점점 진해져 하카타 니와카(역주: 후쿠오카의 전통 향토 예능. 진하고 처진 눈썹이 그려진 가면을 쓴다.) 가면을 쓴 것같이 된 적도 있다.

최근에는 노안이 와서 세세한 부분이 잘 보이지 않아 전보다 더 눈썹 정리가 힘들어졌다. 눈썹 한 가닥 한 가닥을 눈썹의 모양과 결을 고려하여 조금씩 자른다. 완전히 집중해서 숨을 멈추고 눈썹을 자른 다음 양쪽 눈썹의 균형을 확인한다. 이때 오른쪽이 짧아졌으니 왼쪽을 더 잘라야겠다는 식으로 생각해서 계속 자르다 보면 눈썹머리만 남을 수도 있기 때문에 조심해야 한다. 그래서 시간이 오래 걸린다.

눈을 깜박거리며 겨우 완성한 눈썹을 보면서 '어디선가 본 것 같은' 생각이 들어 고개를 갸웃거렸다. 다시 자세히 보니 소위 '노는' 남자아이들이 하는 일직선 눈썹이었다. 몹시 서툰 사람이 눈썹을 자르다 보니 저절로 그런 모양이 된 것이다.

눈썹 정리는 정말 어렵다. 어떻게 하면 자기 얼굴에 어울리는 예쁜 눈썹을 가질 수 있을까? 수십 년이 지나도 눈썹 정리 기술이 늘지 않는 나에게는 상상하기도 어려운 일이다.

흰머리는 나이를 먹으면 자연스럽게 생기는 것인데 이런 식으로 항상 흰머리를 신경 쓰는 자신이 싫어졌다. 흰머리 이외에도 생각해야 할 일이 산더미처럼 쌓여 있지 않은가?

흰머리를

내버려 두기로 했다

50대가 되고 얼마 지나지 않아 흰머리가 나기 시작했다. 그것도 드문드문 난 것이 아니라 정수리 부분에 '갑자기 나타났다!'는 느낌으로…. 어쩌면 미리 조짐이 있었는지도 모르겠지만 느긋한 성격이라 그런지 알아채지 못했다.

양으로 말하자면 딱 한 자밤 정도의 흰머리가 두 군데 나 있었다. 다른 곳에는 흰머리가 없었기 때문에 너무 튀는 느낌이 들었다. 아무것도 모르는 지인에게서 이런 말도 들었다.

"흰색으로 부분 염색하셨어요?"

나는 예쁜 은발의 할머니를 정말 좋아한다. 그래서 흰머리가 눈엣가시처럼 느껴지는 건 당연히 아니다. 분산되어 났다면 신경 쓰지도 않았을 텐데 이 세상은 내가 원하는 대로 되지 않는다. 그래서 머리카락과 피부에 비교적 부담이 적은 헤나 염색을 해 보았다.

천연 헤나로만 염색하면 흰머리는 밝은 오렌지색이 된다. 사람의 체질에 따라서 미묘하게 색이 다르게 나오는데 나는 오렌지색이 별로 어울리지 않아서 쪽빛이 들어간 제품을 선택했다.

말차와 비슷한 향이 나는 헤나 가루를 물에 개어서 바른 후 1시간 동안 그대로 두었다. 1시간이 지나자 흰머리는 갈색으로 물들어 있었다. 뿌리 부분까지는 염색이 잘 되지 않았지만 흰머리가 눈에 띄는 느낌이 사라져서 마음이 조금 편해졌다.

하지만 머리카락은 하루가 다르게 자라나고 염색한 머리의 색도 변한다. 흰머리보다 제멋대로 색이 변하거나 빠진 머리의 색이 더 보기 흉하기 때문에 한 달에 한 번은 염색을 해야 했다. 나는 내 머리를 손질해 주는 사람에게 불만을 털어놨다.

"너무 귀찮아요."

그러자 그녀가 이야기를 시작했다.

"제 후배 중에 평생 머리를 염색해야 하는 아이가 있는데…."

금발 머리, 갈색 머리가 유행하던 수년 전에 그 후배도 미용사라는 일의 특성상 항상 금발로 머리를 염색했다고 한다. 그런데 너무 자주 염색을 했더니 모근에 상처가 나서 흰머리만 나게 되어 버렸다는 것이다.

그 이야기를 듣고 나도 부분적이기는 하지만 계속 염색을 계속해야 한다는 생각을 하니 정신이 아찔해졌다. 흰머리는 나이를 먹으면 자연스럽게 생기는 것인데 이런 식으로 항상 흰머리를 신경 쓰는 자신이 싫어졌다. 흰머리 이외에도 생각해야 할 일이 산더미처럼 쌓여 있지 않은가? 이렇게 생각하고 나는 결심했다.

"이제 그만."

지금은 다른 곳에도 흰머리가 나기 시작해서 전체적으로 균등해서 아주 보기 좋은 상태이다. 대부분의 중장년층 여성이 염색을 하지만 나는 청결함을 유지하는 것을 전제로 타인이 어떻게 볼지는 신경 쓰지 않고 흰머리를 이대로 내버려 두기로 했다.

가시를 제거하는 것이 귀찮다고
가시 없는 생선만 먹다 보면 생선
먹는 법도 배우지 못하고 집에서
식사 시간을 통해 부모에게 배우
는 것도 적을 것 같다.

가시가 있는 생선이
더 맛있다

　평소에는 하루 세끼를 직접 만들어 먹지만 일이 많이 밀려 있을 때는 시중에서 판매하는 반찬을 사 먹기도 한다. 얼마 전에도 일이 많아 근처 슈퍼마켓에서 고등어조림을 샀다. 저녁식사를 마치고 잠시 앉아 있는데 뭔가 이상하다는 생각이 들었다.

　뭔가 부족했다. 양의 문제는 아니었고 간도 조금 달기는 했지만 나름대로 맛있게 먹었다. 나는 아무 생각 없이 그릇을 보다가 그 이유를 깨달았다. 내가 먹은 고등어에 가시가 하나도 없었던 것이다.

　최근에 집에서 생선을 먹는 사람이 줄어들었다는 뉴스를 본 적이 있다. 비린내가 나고 가시를 발라 먹는 것이 귀찮아서 아이들이 먹지 않기 때문에 식탁에 올릴 기회가 없다는 것

21

이 이유라고 한다. 부모들도 혹시 아이 목에 가시가 걸릴까 봐 생선을 먹이는 데 소극적이다.

그래서 판매업자 중에서는 조금이라도 생선을 더 많이 먹었으면 하는 바람으로 생선 토막에서 가시를 제거하는 경우도 있다고 했다. '아, 그렇구나.' 하면서 흘려들었는데 우연히 내가 산 고등어가 그 '가시 없는' 고등어였던 것이다.

나는 1950년대에 태어나 도쿄에서 벗어난 적이 없다. 아이 때는 고기보다 생선이 더 빈번하게 식탁에 올라왔다. 가시를 발라 먹는 것이 귀찮다고 생각해 본 적도 없다. 반찬이 싫다고 하면 "그러면 네가 먹을 건 없어." 하고 접시를 가져갈 것을 알고 있었기 때문이다.

정어리의 경우는 머리부터 가시까지 다 먹으라는 말을 들었고, 말린 전갱이나 고등어조림의 경우는 반드시 가시를 제거하고 먹으라는 말을 들었다. 다 먹고 나면 "여기 아직 생선살이 남았는데 아깝잖아. 이렇게 먹으면 돼." 하고 부모님이 알려 주었다.

물론 목에 가시가 걸려서 당황한 적도 있지만 이런 경험을 했기 때문에 자연스럽게 생선 먹는 법을 배울 수 있었다. 그런데 가시를 제거하는 것이 귀찮다고 가시 없는 생선만 먹다 보면 생선 먹는 법도 배우지 못하고 집에서 식사 시간을 통해 부모에게 배우는 것도 적을 것 같다는 생각이 든다.

　가시 없는 생선을 먹어 보니 입 안에 가시가 하나도 닿지 않아 만족감이 느껴지지 않는다는 사실을 알게 되었다. 구워 먹는 생선은 역시 가시가 있는 편이 맛있다.

　판매업자들이 생선 가시를 전부 제거하고 팔면 시간과 노력이 더 들어갈 테니 가격도 더 올라가게 된다. 더 비싼 데다가 만족감도 느껴지지 않는 음식을 먹을 필요는 없다. 아마도 고령자에게는 가시 없는 생선이 안심이 될지 모르지만 그들도 가시가 있는 생선이 맛있다는 사실을 알고 있을 것이다.

　수고를 덜고 리스크를 피하다 보면 본래의 맛이 아니라 가시 없는 생선 쪽이 더 환영받는 세상이 될 것이다. 그렇지만 나는 앞으로 생선을 살 때 철저하게 확인해서 가시 없는 생선은 절대 사지 않겠다고 다짐했다.

'왜 이렇게 어린 아이를 혼자 두는 거야.' 그 엄마에게 한마디 해 주고 싶었지만 속으로만 잔소리를 중얼거리며 그 자리를 떠날 수밖에 없었다.

불안해도
아무 말도 하지 못한다

　최근에 깜짝 놀란 일이 연달아 일어났다. 편의점 앞을 지나가다가 편의점 입구에 놓여 있는 재떨이 앞에서 담배를 피우는 20대로 보이는 젊은 여성을 봤다. 젊은 여성 흡연자도 많다고 생각하면서 아무 생각 없이 봤는데 그 여성은 배가 많이 불러 있었다. 누가 봐도 임산부였다.

　의사는 그 여성에게 분명 음주와 흡연은 안 된다고 말했을 것이다. 보통 때라면 아무리 많이 피운다 해도 자기 마음이지만 홀몸도 아닌데, 임신 중일 때만이라도 조금 참으면 좋을 텐데 엄마로서의 자각보다는 자신의 즐거움이 우선인 것 같았다.

　엄마가 서서 이웃사람과 한창 이야기를 나누는 중에 막대 사탕을 입에 문 채 그 주위를 마구 달리는 아이를 보고 등골이 서늘해진 적도 있다.

쇼핑을 하고 돌아오는 길에 전철에서 내려 개찰구로 향하는 30개 정도 되는 계단을 예쁜 옷을 입은 어린아이가 혼자 불안한 발걸음으로 하나씩 올라가고 있는 모습을 봤다. 발을 잘못 디뎌 떨어지기라도 하면 큰일 나겠다 싶어서 부모를 찾아봤지만 어디에도 보이지 않았다.

놀라서 달려가 보니 그 어린아이와 의상을 맞춰 입은 아주 세련된 엄마가 계단 위에서 나타났다. 그러고는 이렇게 말하는 게 아닌가.

"어머, 거기 있었네. 엄마는 엘리베이터로 올라왔지."

'왜 이렇게 어린아이를 혼자 두는 거야.'

내가 속으로 엄청나게 화를 내는 동안에도 엄마는 아이가 계단을 한 발 한 발 올라오는 모습을 보고 "잘한다, 잘한다." 하며 웃고 있었다.

'웃고 있을 때가 아니잖아. 댁도 밑으로 내려오라고!'

화를 내고 싶은 것을 꾹 참고 나는 '우연히 어린아이 뒤를 따라 계단을 올라가던 아줌마'의 입장이 되어 아이가 혹시라도 넘어지면 인간 쿠션이 되어 내 배로 받아 줘야겠다는 마음으로 조마조마하면서 지켜봤다.

지면에서 1미터 50센티미터 정도까지 올라갔을 때 드디어 엄마가 계단 위에서 아래로 내려와 아이의 손을 잡았다. 그 엄마에게 한마디 해 주고 싶었지만 아이를 낳아 본 적 없는 나는 속으로만 잔소리를 중얼거리며 그 자리를 떠날 수밖에 없었다. 출산도 육아도 경험이 없기 때문에 젊은 엄마에게 그건 좋지 않다고 말하고 싶어도 자신감 있게 말하지 못한다.

만약 내가 그녀들의 시어머니나 어머니였다면 "담배는 끊어.", "어린아이를 혼자 두면 안 돼." 하고 눈에 보일 때마다 말했을 것이다. 하지만 듣는 쪽에서 생각하면 나는 단지 자신들의 방식에 잔소리나 하는 시끄러운 할머니일 뿐일 것이다. 그냥 보고 넘어가기 힘든 광경을 보며 나는 '부모나 시부모가 되지 않아서 다행이다.'라고 안도했다.

버릴 물건이 담긴 상자를 다시 열
어 보면 아깝다는 생각이 들어 도
로 꺼내게 된다. 잠시 깨끗해졌던
옷장에 처분해야 할 옷이 대부분
다시 돌아오고 만다.

정리수납 전문가의
도움이 필요하다

나는 정리를 잘하지 못한다. 처음에 혼자 살기 시작했을 때는 깨끗하지는 않아도 나름대로 정리를 했는데 이사를 다니며 집이 넓어지면서 점점 치우지 않게 되었다. 보통은 넓은 집으로 옮기면 정리를 한다고 하는데 나는 그 반대다.

이 부분에 대해서는 나 스스로도 질려 버려서 이렇게 깔끔하지 못한 인간은 없을 거라고 자기혐오에 빠지기도 했다. 그런데 최근에 거의 쓰레기와 동거하다시피 하는 '쓰레기집'에서 사는 사람들의 사진을 보며 '저기에 비하면 내 방은 깨끗한 편이지.' 하고 안도하게 되었다. 아직 나보다 심한 사람이 있다고 생각하는 순간 정리에 대한 의욕이 사라졌다.

치워야 한다고 생각은 하면서도 방 안에 넘쳐 나는 옷을 그저 바라보고만 있는 상태다. 나처럼 뭐든지 나중으로 미루려는 성격의 인간은 엄격하고 의지가 확실한 사람을 집으로 불러 확실하게 확인을 받아야 할지도 모른다.

큰 결심을 하고 물건을 처분하려는 생각은 있다. 버릴 것과 바자회에 보낼 것 등으로 나눠서 박스에 넣은 다음 바로 버리거나 바자회 주최자에게 보내면 되는데 그걸 하지 못하는 것이다.

'저 옷, 입을 수 있을 것 같은데….'

이런 생각이 들어 버릴 물건이 담긴 상자를 다시 열어 본다. 이것이 잘못된 것이다. 실제로 보면 아깝다는 생각이 들어 도로 꺼내게 된다. 이런 상태로는 한두 주가 지나면 잠시 깨끗해졌던 옷장에 처분해야 할 옷이 대부분 다시 돌아오고 만다.

이럴 때 엄격한 정리수납 전문가가 나태한 나를 질책해 준다면 얼마나 좋을까?

"왜 그런 거죠? 분명히 버린다고 하지 않았나요?"

"그러려고 했는데…."

"그런데 왜 지금 서랍 안에 들어 있죠? 이상하잖아요."

"아직 입을 수 있을 것 같아서…."

"그런데 이 옷, 5년 동안 한 번도 안 입었잖아요. 체형도 변해서 허리가 안 맞을 것 같은데요."

"살을 빼면 입을 수 있을지도…."

"정말 살 뺄 생각은 있으세요? 빌리 부트캠프 DVD가 선반 위에 먼지투성이로 있는 걸 봤는데도요?"

이렇게 계속 파고들면 아무런 반론도 할 수 없다. 그와 동시에 처분할지 말지 망설이던 것들을 전부 손에서 놓을 수 있을 것 같다. 백기를 들 수밖에 없는 것이다.

'좀 무섭긴 하지만 와 주면 좋겠다.'

우유부단한 나는 상자에서 유턴해서 되돌아온 옷들로 가득 찬 옷장 서랍을 열 때마다 이런 생각을 한다.

X형으로 나 있는 속눈썹이 가장
인기 있다는 사실을 처음 알았다.
일자형 속눈썹밖에 몰랐던 나는
붙이는 속눈썹도 진화한다는 것
에 감탄하지 않을 수 없었다.

붙이는 속눈썹도
진화한다

최근 젊은 여성들의 헤어스타일이나 화장이 예전에 비해 꽤 진해진 것 같다. 머리는 머리숱을 풍성하게 보이게 하거나 파마를 해서 볼륨감이 있다.

그런 헤어스타일과 어울리는 화장을 하기 위해 눈에 포인트를 주는 것은 이해가 된다. 그런데 이렇게 유행하는 화장 스타일을 한 여성들은 전부 눈 주위가 졸린 것처럼 무거워 보이고 새카맣다. 그래서 눈이 더 크게 보이는 건지도 모르겠지만 눈 주변을 어둡게 칠해서 눈의 움직임이 잘 보이지 않아 기분을 알아채기 쉽지 않다. 마치 아마존 정글을 헤치며 작은 늪을 찾는 기분이다.

젊은 여성들 중에는 화장을 전혀 하지 않은 민낯이라도 마스카라만은 꼭 하는 사람이 많다. 거의 양치와 동급이라고 해야 할까? 아니 양치는 하지 않더라도 마스카라는 꼭 하는 사람이 있을지도 모른다.

예뻐지기 위해 눈동자 색을 바꾸는 컬러 렌즈가 유행하고, '눈을 크고 선명하게' 하려고 속눈썹을 붙이는 것이 더 이상 특별한 일이 아니라는 사실은 나에게 충격이었다.

인조 속눈썹은 예전에는 특수한 미용 용품으로 일반 화장품에 비하면 고가였기 때문에 보통 사람들은 사용하기 어려웠다. 연예인이나 패션모델처럼 대중 앞에 서는 직업을 가진 사람이나 밤에 술집에서 일하던 사람들만 사용했다. 속눈썹을 붙이는 것은 과도한 화장으로 여겨졌기 때문에 그리 좋은 인상을 주지 못했다.

그런데 지금은 고등학생도 속눈썹을 붙인다. 왜 이렇게 된 건지 이상하다고 생각했더니 가격이 엄청나게 저렴했다. 예전에는 일반적이지 않았던 인조 속눈썹이 이제는 100엔숍에서도 종류별로 판매되고 있다는 사실을 TV 생활정보 프로그램을 보고 알게 되었다.

'그렇다면 중학생이나 고등학생도 살 수 있겠다.'라고 이해가 갔다. 물티슈를 사는 느낌으로 간단하게 살 수 있게 된 것이다.

 그리고 속눈썹 모양이 뿌리 부분에서 전부 수직으로 뻗어
있는 일자형이 아니라 뿌리 부분에서 교차되어 X형으로 나
있는 속눈썹이 가장 인기 있다는 사실도 처음 알았다. 속눈썹
이 교차되어 풍성한 느낌이 나면서 눈이 더 뚜렷하게 보인다
고 한다. 기존의 일자형 속눈썹밖에 몰랐던 나는 붙이는 속눈
썹도 진화한다는 것에 감탄하지 않을 수 없었다.

 헤어스타일도 풍성하게, 눈매도 크고 또렷하게…. 그렇게
필요 이상으로 크게 만들어서 무얼 하려는지 물어보고 싶을
정도이지만, 초식녀가 아닌 육식녀들은 여기저기를 더 크게
보여 주고 어필해서 노리는 남성을 쟁취할 것이다.

 거의 초원에서 자란 마른 풀이 되어 버린 나는 "그래, 열심
히 해라." 하고 그녀들에게 소극적인 응원을 보낸다.

진통은 아기가 세상에 나오고 싶다는 신호인데 지금은 그렇게 생각하지 않는 모양이다. 아기가 아니라 부모의 일정에 따라 출산을 정한다고 한다.

부모 일정에 맞춰
출산을 할 수 있다니…

　나의 젊은 시절과 다르게 요즘 여성들은 회사를 다니면서 결혼과 출산을 할 수 있게 되었다. 그런데 일에 집중하다 보면 눈 깜짝할 사이에 30대 중반이 되어 아이를 생각하면 고령 출산의 위험이 따르게 된다.

　자신이 원하는 시기에 결혼과 출산을 할 수 있다면 가장 좋겠지만 대부분은 자신이 원할 때 결혼을 하기 어렵고 임신의 경우는 더욱 더 그렇다. 지인인 39세의 기혼 여성은 아이를 낳고 싶다고 하면서 이렇게 말했다.

　"40대 출산은 난자를 선별하는 것이 중요하니까 상태가 좋은 난자를 골라서 체외수정을 할 거예요."

　학교 수업 시간에 생물의 생식과 관련해 배운 것처럼 인간은 원래 엄청나게 많은 수 가운데 선택된 정자와 난자에 의해 태어나는 것이라고 생각했다. 그런데 나의 경우를 생각해 보면 과연 상태가 좋았는지 의문이 든다. 그래도 인간이 태어난다는 사실 자체만으로 신비한 일이라고 생각하는데 일부 여성들에게는 그게 아닌 모양이었다.

얼마 전 2주 후에 처음으로 아이를 낳는 41세의 여성과 만났는데 투덜댔다.

"이제 지겨워요."

만삭이 되어 배가 엄청 커진 상태가 지겨워서 아기를 빨리 낳고 싶다는 것이었다.

"그래도 아직 조짐이 안 보이는 걸 보면 아기가 나올 준비가 안 되었나 봐."

내가 다독이니 그녀가 말했다.

"이제 2킬로그램은 넘었을 테니 낳아 버릴까 생각했어요."

"낳아 버릴까라니 그게 무슨 말이야?"

무슨 의미인지 몰라서 내가 멍하게 있었더니 자연스럽게 진통이 올 때까지 기다리는 것이 아니라 부모의 사정이나 형편에 따라 아기를 낳을 수 있다고 말했다.

"어? 그래도 되는 거야? 아기의 사정은 어쩌고?"

내가 묻자 오히려 어이없어하며 말했다.

"다들 그렇게 하는데요, 뭐."

나는 "어머!" 하고 한마디를 한 후 아무 말도 하지 못했다. 내가 정말 옛날 사람이라는 사실을 자각했다.

진통이라는 것은 아기가 세상에 나오고 싶다는 신호이고 엄마의 몸에 문제가 없다면 진통을 기다려서 출산하는 것이 이치에 맞고 자연스러운 것 같은데 지금은 그렇게 생각하지 않는 모양이다. 아기가 아니라 부모의 일정에 따라 출산을 정한다고 한다.

출산은 개인적인 일이기 때문에 부모가 되는 부부가 결정하면 된다. 타인이 이러쿵저러쿵 참견할 문제가 아니라는 사실도 잘 알고 있다. 하지만 솔직히 말해서 나는 인간이 태어난다는 것에 대한 생각이 나와 이렇게 다르다는 사실에 놀라지 않을 수 없었다.

나이를 먹을 만큼 먹은 어른들도
잘못된 행동을 하는 사람이 많다.
젊은 사람들의 잘못된 태도를 보
고 나도 해도 괜찮다고 생각하는
것 자체가 한심하다.

부끄러움을 모르는 어른

꽤 오래전부터 전철에서 화장을 하거나 휴대전화로 통화를 하는 것이 문제가 되었지만 아직도 그런 사람들은 전혀 줄지 않았다. 예전에는 그런 사람들을 보고 '진짜 요즘 젊은 사람들은…' 하고 곁눈으로 노려봤는데 최근에는 나이를 먹을 만큼 먹은 어른들도 그런 행동을 하는 사람이 많다.

전철 안에서 휴대전화로 통화를 하는 중년 남녀도 보았고 화장을 하는 중년 여성도 목격했다. 나는 나이에 관계없이 전철 안에서 화장을 하는 여성 가운데 미인은 없다는 확신을 가지고 있다. 내가 본 사람들도 물론 그러했다. 내 또래의 여성이 손거울을 꺼내 가방 위에 놓고 풀메이크업을 하는 모습을 보면 머릿속에 '부끄러움'이라는 단어가 없는지 물어보고 싶을 정도이다.

얼마 전 전철에서 노약자석 앞에 서 있는데 역에 정차할 때마다 많은 사람이 밀려들어서 거의 발 디딜 틈이 없을 정도가 되었다. 그때 내 옆에는 쉰 살 정도 되어 보이는 정장을 입은 남성이 서 있었다. 그 남성이 가방을 선반 위에 두고 조금 시간이 흐르자 휴대전화가 울렸다. 그가 정장 주머니에서 휴대전화를 꺼내 귀에 가져갔다.

보통 사람들은 전화가 와도 전철 안이라고 말하고 바로 끊는다. 그 남성도 분명 그럴 거라고 생각했는데 그는 내가 먼저 내릴 때까지 장장 10분 동안, 그것도 노약자가 앉아 있는 노약자석 앞에서 계속 떠들어댔다.

미쓰비시가 어쩌고저쩌고, 미쓰이가 어쩌고저쩌고, 상대와의 회의가 어쩌고저쩌고 하는 이야기를 들으면서 무슨 큰일을 하는지는 모르겠지만 노약자석 앞에서 휴대전화로 통화를 하는 것은 기본적인 상식이 없는 거라는 생각이 들어 어이없어하는 표정으로 계속 그 사람을 노려봤다.

여기서, 매번 그렇지만, "다른 사람들에게 민폐예요." 하고 말하지 못한 것이 너무 분하다. 화가 나지만 말로 주의를 주지는 못한다. 제발 내 눈을 좀 보라는 사인을 계속 보냈지만 그 남성에게는 전혀 통하지 않았다.

어느 정도 직책도 있는 사람이 왜 그런 비상식적인 행동을 하는 것일까? 이런 생각을 하면서 문득 손잡이를 잡고 있는 그 사람의 손을 보니 정장 소매 양쪽이 모두 닳아 있었다. 중요한 업무용 정장이 찢어져도 눈치 채지 못하는 둔감한 사람이라서 그런 행동을 하고도 아무렇지 않은 것일까?

그렇다고 해도 왜 그런 어른들이 점점 늘어나는 것일까? 젊은 사람들의 잘못된 태도를 보고 나도 해도 괜찮다고 생각하는 것 자체가 한심하다. 동년배로서 정말 부끄럽다. 며칠 전에는 한 아주머니가 전철 좌석에 앉아서 수건으로 머리를 말리고 있었다. 그 모습을 보자 또 머리가 아팠다.

확실히 사람의 손이 전혀 닿지 않아 위생적일지는 모르겠지만 그것을 음식이라고 부를 수 있을지는 잘 모르겠다. 사람이 먹기에는 너무 재미도 없고 슬프지 않은가?

요리 기계로 만든 음식이
더 좋은 것일까

지인에게 1년 365일 중에 350일은 아침, 점심, 저녁을 직접 만들어서 밥을 먹는 것 같다고 말하자 "그게 가능하군요."라는 말을 들었다. 그 지인은 초등학생 자녀가 있는 30대 전업주부이다. 그는 자신이 만들 수 있는 요리는 3종류밖에 없고 나머지는 거의 밖에서 파는 반찬을 산다고 했다.

종종 "귀찮지 않아요?"라는 질문도 받는다. 사실 나도 요리를 그다지 좋아하지 않아서 처음에는 굉장히 귀찮았다. 하지만 시간이 있을 때 다시마나 멸치 같은 것을 우려낸 국물을 만들어 두거나 요리 준비를 미리 해 두면 음식 만드는 게 꽤 간단하다는 사실을 알게 되어 어찌어찌 계속해 오고 있다.

나는 혼자 사니까 나만 생각하면 되지만 그 지인은 엄마니까 아이를 생각해서 직접 만드는 음식을 조금 늘리는 것이 좋지 않겠느냐고 말했다. 그러자 이렇게 대답했다.

"O-157(역주: 병원성 대장균의 한 종류) 같은 게 유행하면 내가 만든 게 무서울 거 같아요. 냉장고에 넣어도 안심할 수 없다고 하고요. 근데 사 온 반찬을 먹고 상태가 안 좋으면 가게에서 책임을 지잖아요."

나는 놀라지 않을 수 없었다. 예전에 비해 병원균이 늘어나서 위생에 신경을 써야 하는 것은 맞지만 먼저 책임 문제를 생각하다니 복잡한 마음이 들었다.

어느 날 TV에서 처음부터 끝까지 사람의 손이 필요하지 않는 볶음 요리용 기계가 나왔다. 구체의 일부에 구멍이 뚫린 형태로, 간단하게 말하자면 래미콘차가 콘크리트를 회전시키며 운반하듯 안에 들어 있는 것을 회전시키며 계속 볶는 기계였다. 사람은 스위치를 누르고 기계로 자른 채소, 고기, 찐 메밀면을 통에 담아 넣기만 하면 되었다.

뚫린 곳을 통해 안을 보니 재료가 돌아가는 모습이 보였다. 통에 들어 있는 양념을 마치 잔디밭에 물을 뿌리듯 붓고 조금 기다리면 위생적인 볶음국수가 완성되었다. 확실히 사람의 손이 전혀 닿지 않아 위생적일지는 모르겠지만 그것을 음식이라고 부를 수 있을지는 잘 모르겠다. 사람이 먹기에는 너무 재미도 없고 슬프지 않은가?

옛날에는 친구 엄마나 이웃 사람이 만들어 준 주먹밥을 맛있게 먹었다. 비닐장갑 같은 것도 끼지 않고 맨손으로 만든 주먹밥이었다. 대부분의 집에서 사용하는 연어나 매실장아찌가 들어간 주먹밥인데도 집집마다 미묘하게 맛이 다른 것이 재미있었다. 맨손으로 만들었지만 설사를 했다는 이야기는 들어 본 적이 없다.

지금은 위생에 신경을 쓰는데도 음식을 먹으면 배가 아프다고 하는 사람이 많다. 사람이 맨손으로 만든 것을 먹어도 괜찮도록 몸을 건강하게 만들 것인가? 아니면 위생적인 요리 기계의 발전을 기다릴 것인가? 현재 상황을 보면 확실히 후자를 선택한 것 같다.

문제가 생겨도 사과의 선물을 건네면 해결될 것이라고 생각하는 것일까? 그렇다는 건 공짜로 선물을 받으면 그걸로 괜찮다고 생각하는 사람이 많다는 것이다.

겉으로만 예의바른 사람들

얼마 전에 세를 들어 사는 맨션에서 우리 집만 정전이 되었다. 원인을 찾아보니 외부에 설치된 가스 급탕기가 비 때문에 누전이 되었다고 했다. 22년 전에 설치된 구식이었기 때문에 교체하기로 하고 가스회사에서 담당자가 와서 확인을 한 다음 5일 후에 공사를 하기로 했다.

그런데 5일 후에 찾아온 공사 담당자는 "부품을 주문한 직원이 실수를 해서 오늘은 교체가 불가능하니 일단 돌아가겠습니다." 하고 말하고 바로 돌아가 버렸다. 도대체 뭘 하는 건지 어이가 없었다. 나는 누전된 급탕기를 사용해야 하는 불안감을 안고 살고 있는데 5일이 지나도 공사에 대해 아무런 연락이 없었다.

집주인이 독촉한 결과 처음 공사 예정일로부터 9일이 지난

날 3시에 공사를 한다고 연락이 왔다. 당일 오전에 수제비누 3개를 든 담당자가 찾아와 "오후 3시에는 공사하는 사람이 꼭 올 겁니다." 하고 사과를 하고 돌아갔다.

하지만 공사 담당자는 4시가 되어도 나타나지 않았다. 나는 머리에서 불이 날 것처럼 화가 나서 오전에 찾아왔던 담당자에게 연락해서 어떻게 된 일인지 설명을 요구했다. 그런데 이쪽도 10분이 지나도 아무런 연락이 없었다. 다시 전화를 했더니 휴대전화가 연결되지 않았다.

그때부터 10분이 지나 겨우 공사 담당자가 연락이 와서 앞서 하던 공사가 길어져서 4시 반에 도착한다고 말했다. '도대체 뭘 하는 거지?'라는 생각이 들었다. 1시간 반이나 늦게 도착한 공사 담당자는 20대 초반과 30대가 될까 말까 한 남성 2명이었다.

"늦으면 늦는다고 연락을 하셔야죠." 하고 말하니 놀란 얼굴로 "했는데요." 하고 말했다. 언제 했느냐고 물으니 10분 전에 했다고 대답하는 것이 아닌가?

"그건 제가 연락을 달라고 재촉했으니까 한 거죠. 3시 약속이었으니까 3시 전후로 늦는다고 연락을 했느냐고 묻는 거잖아요."

"아, 그건 안 했네요."

일의 진행 상황에 따라 늦을 수도 있다. 하지만 5분, 10분 정도라면 이해하겠지만 1시간 반이나 늦으면서 연락을 하지 않는 건 도대체 뭐란 말인가? 휴대전화도 있는데 말이다. 상사는 애초에 일을 할 때 기본 중 기본인 예의를 가르치지 않는 것인지….

담당자도, 공사를 하는 사람들도 겉으로만 보면 인상 좋은 보통 사람이었다. 하지만 지금까지 일반적으로 해 온 보통의 일을 하지 못했다. 문제가 생겨도 사과의 선물을 건네면 해결될 것이라고 생각하는 것일까? 그렇다는 건 공짜로 선물을 받으면 그걸로 괜찮다고 생각하는 사람이 많다는 것이다.

민감성 피부인 나는 사용할 수 없는, 선물로 받은 수제비누를 바라보며 '이런 걸로 속을 줄 아는 건지, 참….' 하는 생각에 한참이나 화가 가라앉지 않았다.

무더위가 지나가고 가전제품이
하나둘 문제가 생기기 시작했다.
무더위가 기승을 부리면 사람은
축 늘어지는데 가전제품도 진짜
그럴까?

가전제품도
무더위에 지치는 걸까

최근에 가전제품들의 상태가 불안정하다. 가전제품은 일단 망가지면 교체해야 하기 때문에 그 비용을 생각하면 부담스러워서 어떻게든 버텨 달라는 심정으로 상태를 지켜보고 있다.

예전에는 가전제품이 그렇게 간단하게 고장 나지 않았던 것 같다. 국산 제품의 품질이 좋았기 때문에 최소 10년은 사용이 가능했다. 그런데 최근의 가전제품은 언뜻 보기에는 좋아 보여도 자세히 살펴보면 아주 질이 낮은 제품이 많다.

작년에 팩스를 바꿨는데 본체는 은색으로 보기에는 좋아 보이지만 중후한 느낌이 전혀 없다. 처음에 나왔던 팩스는 당시 가격은 높았지만 당당하게 '제대로 일하고 있습니다.'라는 분위기를 내뿜었다. 그런데 지금 판매하는 팩스는 그에 비하면 마치 장난감 같다.

현재 팩스는 제대로 작동하고 있지만 문제는 오래전에 구입한 냉장고, DVD 리코더, 컴퓨터, 프린터이다. 친구는 엄청난 무더위가 지나가고 난 후에 그렇게 오래되지 않은 냉장고가 고장 나서 바꿨다고 했다. 그 말을 듣고 생각해 보니 우리 집 가전제품도 무더위가 지나가고 하나둘 문제가 생기기 시작한 것 같았다.

냉장고는 지금까지 별문제 없었는데 '위잉' 하는 귀에 거슬리는 소리를 내기 시작했다. 위치를 아주 조금 옮겼더니 잠시 동안은 괜찮아졌지만 한나절이 지나자 다시 소리를 내기 시작했다. 그래서 소리가 날 때마다 좁은 주방 안에서 냉장고의 위치를 옮겨야 했다. 도대체 뭐가 잘못된 것인지 짐작도 가지 않았다.

DVD 리코더는 디스크를 넣으면 꼭 세 번은 다시 뱉어내고 만다. 화가 치밀어 오르는 걸 참으면서 몇 번이고 넣기를 반복하다 보면 겨우 받아 주는 상태이다.

컴퓨터는 갑자기 멈추거나 키보드를 쳐도 글자가 입력되지 않으면 식은땀이 난다. 지금은 일단 눈에 띄는 문제는 생기지 않았지만 언제 고장이 날지 몰라 조마조마하다.

　프린터는 묵묵히 자기 일을 처리하고 있었는데 갑자기 제대로 연결되었는데도 연결되지 않았다는 표시가 나왔다. 프린터도 인식을 잘 못하게 된 것이다.

　왜 한꺼번에 가전제품의 상태가 이렇게 된 것일까? 친구는 끝까지 무더위 때문이라고 주장한다. 확실히 무더위가 기승을 부리면 사람은 축 늘어지는데 가전제품도 진짜 그럴까? 전기로 작동하는 기계는 열이나 더위에 강하지 않을까? 그렇지 않으면 가전제품의 수명이 다한 것일까? 내 안에서는 결론이 나지 않았지만 왜 하필 한꺼번에 다 이렇게 되어 버린 건지 고개를 갸웃거릴 수밖에 없다.

50대 중반을 지나니 연애운에 대
해서는 관심이 사라지고 건강하
게 살 수 있을까, 주위에 안 좋은
일이 일어나지나 않을까 하는 현
실적인 문제만 걱정하게 된다.

이젠 연애운보다
현실적인 문제가 더 궁금하다

어렸을 때뿐만 아니라 나이가 들어서도 운세는 늘 신경이 쓰인다. 20대에는 운세를 보는 것이 정말 재미있었다. 특히 연애운은 엄청나게 집중해서 읽곤 했다. 만약 "당신을 몰래 좋아하는 남성이 곁에 있습니다."라는 말이 나오면 '우후후, 누굴까? 그 사람인가? 아니면 그 사람? 혹시…' 하고 호감이 있던 남성의 얼굴을 떠올리며 '큭큭큭' 웃곤 했다. 동시에 싫어하는 남성의 얼굴이 떠오르면 설마 그 사람은 아니겠지 하면서 마음이 조금 어두워지기도 했다. 지금 생각해 보면 너무 바보 같아서 부끄러울 뿐이다.

바보 같은 20대에서 30년 이상 흘러 50대 중반을 지나니 연애운에 대해서는 관심이 사라지고 건강하게 살 수 있을까, 주위에 안 좋은 일이 일어나지나 않을까 하는 현실적인 문제만 걱정하게 된다. '우후후'라든지 '큭큭큭'이라는 천진난만한 웃음소리 같은 건 더 이상 나오지 않는다.

대부분은 '하아' 하고 한숨을 쉴 뿐이다. 중장년층이 보는 운세에 "멋진 남성이 당신에게 홀딱 반했습니다."라고 쓰여 있어도 '흠' 하는 감정밖에 생기지 않는다. 운세를 보며 가슴이 두근거리는 느낌은 이미 사라진 지 오래다. 하지만 잡지 등에서 운세 페이지를 보면 역시나 어떤 말이 나올지 궁금해서 읽게 된다.

얼마 전에 본 잡지의 운세 페이지에는 올해의 '행운의 아이템'이 나와 있었다. 각 달의 행운의 아이템을 보니 레이스가 달린 손수건, 노란색 가죽 지갑, 문고본 등 행운의 아이템으로 잘 어울리는 물건들이 언급되어 있었다. 이런 물건을 가지고 있으면 행운이 찾아온다는 것이다.

'그러면 내 행운의 아이템은 뭐지?' 하고 오랜만에 두근거리는 마음으로 내가 태어난 달을 확인했더니 '북채'라고 적혀 있었다. '어? 북채?' 잡지를 손에 든 채 멍해졌다.

레이스 손수건, 지갑, 문고본이라면 언제나 가방 안에 휴대할 수 있지만 북채가 가방에 들어가기는 할까? 어디에서 파는지도 모를뿐더러 혹시 사서 가방에 넣어 다닌다고 해도 긴급 사태가 발생해서 소지품 검사라도 할 경우 가방에서 북채가 나오면 가장 먼저 의심받지 않을까?

친구와 만났을 때 이것이 내 행운의 아이템이라고 가방에서 북채를 꺼내서 친구를 웃기고 싶은 욕심도 생기지만 친구는 쓴웃음을 지을 게 뻔하다. 그래서 올해는 행운의 아이템 없이, 그런 것이 없어도 무사히 한 해를 보낼 거라고 생각하며 당당하게 살고 있다.

미혼에 아이가 없는 여성을 '싸움에 진 개'라고 표현한다. 그녀들은 사회 경험도 있고 생활력도 있다. 그녀들의 눈에 차는 남성이 그렇게 간단하게 나타날 리 없다.

싸움에 진 개의 기준은 엄격하다

사카이 준코 씨가 쓴 『결혼의 재발견』이라는 책이 베스트셀러가 되었다. 결혼해서 아이를 낳은 여성을 승자, 35세가 넘어 결혼도 하지 않고 아이도 없는 여성을 '싸움에 진 개'로 표현했는데, 그 총대장격인 나로서는 그 뻔뻔함 같은 것이 아주 재밌었다. 동시에 예전에 비해 여성에게 여러 선택지가 주어지는데도 미혼에 아이가 없는 여성이 왜 주눅 들어야 하는지 이해가 잘 되지 않았다.

이 책이 출판되고 난 후에는 "싸움에 진 개예요."라는 말을 들으면 다른 말을 하지 않아도 그 여성의 현재 상황을 대충 알 수 있었다. 이 '싸움에 진 개'들은 그렇게 말하면서 '흐흐흐' 하고 웃었다. 그녀들은 절대 결혼도 하지 않고 아이도 낳지 않겠다고 굳은 결의를 한 것이 아니라 이런저런 사정과 타이밍의 문제로 현재의 상황이 된 것이다.

본인은 너무 결혼도 하고 싶고 아이도 가지고 싶어서 초조한데 '싸움에 진 개'라고 불린다면 화가 날지도 모르겠다. 하지만 현재 자신의 생활에 나름대로 만족하는 여성들은 그렇게 불려도 재미있어 하는 것처럼 보였다.

어느 날 '싸움에 진 개'가 동료 '개' 친구에 대해서 말했다.

"다섯 살 연상 남자친구가 생겼어요. 손잡고 걷는 걸 제가 두 번이나 봤어요."

그 남자친구는 거래처 직원으로 사내 직원들도 그 둘의 모습을 가끔 목격했다고 한다. 나이가 나이인 만큼 둘이 결혼하는 것이 아닌가 하는 소문이 돈다고 한다.

그 이야기를 듣고 내가 "이제 그 친구는 '싸움에 진 개'가 아닌 거네." 하고 말하자 "아니에요."라는 대답이 돌아왔다. 그것도 아주 진지한 표정으로….

"결혼만 한다고 다 되는 게 아니에요. 그 정도 남성이라면 결혼해도 '싸움에 진 개' 그대로죠. 아니, 그 이하가 될지도 몰라요. 모두가 부러워하는 상대를 만나야 '싸움에 진 개'에서 벗어날 수 있어요. 얼굴도, 성격도, 직업도 전부 그저 그런 남성이랑 결혼할 바에는 혼자 사는 편이 훨씬 나아요."

　모처럼 남자친구가 생겼는데 이런 말을 듣다니 참 안 됐다는 생각을 하면서 '싸움에 진 개 이하'라는 그 남성이 한 번 보고 싶어졌다. '싸움에 진 개'는 사회 경험도 있고 생활력도 있다. 그녀들의 눈에 차는 남성이 그렇게 간단하게 나타날 리없다.

　"싸움에 진 개'의 기준은 엄격하니까…. 어렵다, 어려워."

블로그는 자신을 있는 그대로 표
현하는 수단이 아니라 허구를 연
기하는 수단이었다. 사실은 그런
생활을 하지 않는데 하는 척하는
것이었다.

'많이 담는' 블로거들

컴퓨터와 스마트폰의 보급으로 블로그를 개설한 블로거가 늘어나 자신의 생각, 생활, 취미 등을 세상에 공개하고 있다. 나는 블로그도 트위터도 하지 않지만 지인이나 나와 같은 취미를 가진 블로거가 하는 블로그 보는 걸 좋아한다. 일을 하다가 짬을 내어 못생겼지만 귀여운 고양이 사진을 보면서 얼굴 근육을 풀거나 뜨개질이나 전통악기 관련 블로그를 보면서 감동을 받기도 한다.

블로그는 일단 시작하면 아주 부지런하게 업로드하지 않으면 의미가 없기 때문에 하루에도 몇 번이나 업로드하는 사람도 있다고 한다. 사진이나 글을 그때마다 선택해서 올리는 수고가 진짜 대단하다고 생각한다. '모두 진짜 부지런하게 업로드하고 있네.'라며 존경의 눈으로 바라보게 된다.

얼마 전에 젊은 여성 편집자와 블로그에 대해서 이야기를 나누었는데 그 편집자가 말했다.

"정말 다양한 사람이 있는데 그중에는 '많이 담는' 사람도 많아요."

무슨 뜻이냐고 물어보니 이렇게 대답했다.

"사실은 그런 생활을 하지 않는데 하는 척하는 거죠."

그 편집자의 이야기에 따르면 지인 중에 블로그를 하는 사람이 있다고 한다. 그 주부의 블로그를 유심히 살펴봤더니 처음에는 그냥 보통의 주부가 하는 블로그였는데 최근에는 '이게 뭐야?' 하는 생각을 하게 되는 내용이 많아졌다고 한다.

'오늘의 점심'이라고 올라온 사진을 보면 주부가 집에서 먹는 것이라고 보기에는 너무 호화롭다는 것이다. 마치 호텔 카페에서 나올 만한 음식이었다. 이런 일이 매일 반복되는 걸 보고 그 지인과 친한 사람에게 물어보니 이렇게 말해 줬다고 한다.

"아, 그것? 그냥 '많이 담는' 거야."

블로그를 위해 완조리식품을 사 와서 그걸 잘 담아서 마치 자신이 만든 것처럼 한다는 것이다.

"저녁도 그렇게 담기만 하고, 아이들 도시락도 다른 사람이 만든 걸 자기가 직접 만든 것처럼 하는 거예요. 그 사람, 사실은 컵라면 같은 즉석면을 좋아해서 집에 할인점에서 대량 구매한 즉석면 박스가 쌓여 있어요."

　블로그는 자신을 있는 그대로 표현하는 수단이 아니라 허구를 연기하는 수단이었던 것이다. 그렇게 '많이 담는' 주부의 친한 친구들은 블로그를 봐도 '아, 또!'라고만 생각하게 되었다고 한다. 그 주부는 자신이 동경하는 생활을 연기하는 것이지만 부지런한 성격인 것은 틀림없어서 나는 그 부분만은 잘하고 있다고 마음속으로 칭찬해 주었다.

부록은 파우치, 가방 등 그 잡지를
사지 않으면 손에 넣을 수 없는 것
으로만 구성되어 있다. 그것을 가
지려고 잡지를 사서 본문은 제대
로 읽지 않는 사람도 많다고 한다.

부록을 얻기 위해
잡지를 사는 사람들

　서점에서 여성잡지가 쌓여 있는 평대 일부가 묘하게 우뚝 솟아 있는 것을 본 적이 있다. 뭔지 궁금해서 가까이 다가갔더니 여성잡지에 부록이 붙어 있어서 잡지 한 권의 부피가 엄청 두꺼워졌던 것이다. 잡지는 두꺼운 고무 밴드나 끈으로 튼튼하게 고정되어 있어서 쉽게 열어 볼 수 없었다.

　나는 자료로 사용하는 것 외에는 여성잡지를 거의 사지 않기 때문에 '아, 부록이 있구나.' 하는 정도로만 봤는데, 어느새 다른 잡지들도 따라서 부록을 붙이면서 여성잡지 발매일에는 서점 앞쪽에 엄청난 양이 쌓이게 되었다.

　우리 부모님은 사이가 좋지 않아서 자주 싸웠지만 '오합지졸이 되지 마라.', '부록에 현혹되는 사람이 되지 마라.'라는 사고방식만은 일치했다. 그렇지만 나는 아직 어린아이였기 때문에 부록이 갖고 싶어서 글리코의 캐러멜을 사곤 했다. 당시에 엄마가 읽던 여성잡지에는 뜨개질, 바느질, 요리 관련 책자 등이 부록으로 들어 있었다.

여성잡지의 부록은 파우치, 가방 등 디자이너나 제조업체와의 컬래버레이션이나 자체 제작으로 그 잡지를 사지 않으면 손에 넣을 수 없는 것으로만 구성되어 있다. 그런 부록을 가지려고 잡지를 사서 본문은 제대로 읽지 않는 사람도 많다고 한다.

예전에 캐릭터 스티커가 들어 있는 초콜릿이 있었는데, 아이들이 스티커를 가지려고 초콜릿을 엄청 사서 초콜릿은 버리고 스티커만 모아서 문제가 되었던 기억도 난다. 아마도 그것과 비슷한 느낌일 것이다.

동네를 돌아다니다가 몇 명의 여성이 같은 패턴의 가방을 가지고 다니는 모습을 봤다. 매장에서 살 만큼 예쁘지 않았고 직접 만들었다면 저렇게 똑같을 수 없을 것 같다는 생각이 들어 의아해했더니 그것이 바로 부록이었다.

나는 많은 사람이 같은 가방을 가지고 다니면 싫을 것 같다는 생각이 드는데 그들은 그렇지 않은 것 같았다. 꽤 마음에 들었는지 좀 때가 탔다 싶은데도 계속 가지고 다니는 사람도 있었다. 그 정도로 사용해 준다면 출판사도 기쁠 것 같지만, 조금 떨어져서 보면 많은 여성이 같은 물건을 좋다고 가지고 다니는 상황에 의문을 가지지 않을 수 없다.

부록을 함께 제공하는 여성잡지는 매출이 배로 증가했다고 한다. 그만큼 부록에 낚이는 사람이 많다는 뜻이다. 내가 돈을 내고 사 주는 것도 아니니 상관은 없지만 뭔가 안타깝다는 생각이 든다.

얼마 전에 마침내 서점에서 유일하게 가끔 구입하던 잡지마저 부록이 들어간 것을 보게 되었다. 그 모습을 보자마자 '아, 너까지…' 하는 생각에 힘이 빠졌다. 그리고 잡지에 '안녕!' 하며 이별을 고하고 슬픈 마음으로 그 자리를 떠났다.

모자는 처음에 어색해도 쓰다 보면 점점 몸의 일부가 되어 자연스럽게 어울린다. 매일 사용하다가 하루라도 쓰지 않으면 뭔가 집에 놓고 온 것 같다는 사람도 있다.

모자도 쓰다 보면
자연스럽게 어울린다

날씨가 추워진 탓도 있지만 모자를 쓰는 사람이 예전보다 늘어난 것 같다. 주로 중장년층이 방한 목적으로 모자를 썼지만, 최근에는 젊은 사람들이 모자를 쓰는 경우가 많아졌다. 직접 만든 수제 제품의 인기가 부활하면서 뜨개질을 배울 때 간단하게 만들 수 있는 모자부터 시작하는 사람도 있다. 파는 모자도 남성이나 여성이나 아주 머리가 큰 사람도 쓸 수 있는, 손으로 뜨개질을 한 것 같은 니트 모자가 많이 보인다.

남성의 경우는 긴 머리가 유행하던 시기에는 모처럼 머리를 길러 염색도 하고 신경 쓴 머리를 모자로 가리면 아깝다는 생각이 들어서인지 모자를 쓴 사람을 많이 볼 수 없었다. 그런데 장발도 염색도 촌스러워진 요즘에는 짧은 머리를 한 남성이 늘어나 꾸미는 용도로 모자를 쓰게 된 것이다. 처음에는 조금 주저해도 일단 한번 써 보면 방한 목적도 겸한 액세서리가 된다. 그래서 매일 사용하다가 하루라도 쓰지 않으면 뭔가 집에 놓고 온 것 같다는 사람도 있다.

내가 아직 중학생일 때니까 40년이나 더 전의 일이다. 같은 반 A의 아버지는 아주 다정하고 온화한 분이었는데 마흔 이전에 이미 머리숱이 많지 않았다. 회사를 경영하던 유복한 가정이었기 때문에 평소 입고 다니는 옷이 아주 멋졌고, 참관일에는 정장에 넥타이를 하고 중절모를 쓰고 왔다.

그런데 운동회에 온 A 아버지를 보고 반 전체가 놀라고 말았다. 누가 봐도 부자연스러울 정도로 머리숱이 많아졌기 때문이다. 그걸 본 사람들이 술렁거리기 시작했고, 눈앞에서 이루어지는 각종 시합보다 A 아버지의 머리가 신경 쓰여서 어쩔 줄을 몰랐다.

한 남자아이가 A에게 물어보았다.

"너희 아빠, 가발이지?"

A는 솔직하게 고개를 끄덕이며 곤란한 얼굴로 대답했다.

"우리 아빠가 '머리털 모자'라고 했어."

이 말을 들은 아이들은 A 아버지에게는 들리지 않는 곳에서 "와, 머리털 모자, 머리털 모자." 하면서 웃었다.

A의 말에 따르면 가족이 모두 반대했는데도 A 아버지는 가발을 착용하기로 결정했다. 보는 순간 가발이라고 알 수 있는 모양이었기 때문에 가발 위에 예전처럼 중절모를 쓰고 조금이라도 감추면 좋을 텐데 A 아버지는 중절모를 더 이상 쓰지 않았다. 이유가 뭔지 물어보니 이렇게 대답했다고 한다.

"모자를 이중으로 쓰는 게 되니까 인사할 때 같이 벗겨질까 봐…."

이후로도 A 아버지는 '머리털 모자'를 계속 썼는데 원래 그만큼 머리숱이 있었던 것처럼 점점 자연스러워졌다.

모자는 처음에 어색해도 쓰다 보면 점점 몸의 일부가 되어 자연스럽게 어울린다고 한다. A 아버지가 그 사실을 이미 오래전에 증명했다. '가발은 어쨌든 계속 쓰다 보면 얼굴에 익숙해져서 자연스럽게 보이기 시작한다.'는 설에 대해서 나는 A 아버지의 모습을 떠올리며 깊게 공감했다.

에스컬레이터를 탈 때 머리는 '지금이다!'라고 지령을 내리는데 발이 어쩔 줄 몰라 하며 앞뒤로 조금씩 움직이는 바람에 순조롭게 타지를 못한다. 이것도 나이 탓인지 한숨이 나온다.

에스컬레이터 타는 타이밍 잡기

최근에 에스컬레이터를 타려고 하면 '어어어' 하면서 타이밍을 제대로 못 맞추는 경우가 많아졌다. 상행 에스컬레이터라면 내가 생각하는 타이밍에 발을 내디디면 되지만 하행 에스컬레이터는 이것이 어렵다. 특히 뒤에서 사람이 오는 느낌이 들면 서둘러야 한다는 생각에 불필요하게 더 긴장하게 된다. 머리는 '지금이다!'라고 지령을 내리는데 발이 어쩔 줄 몰라 하며 앞뒤로 조금씩 움직이는 바람에 순조롭게 타지를 못한다. 이것도 나이 탓인지 한숨이 나온다.

젊은 시절에는 걷는 것의 연장선에서 아무런 문제없이 탈 수 있었다. 그런데 지금은 상행은 아직 그런 대로 괜찮으나 하행은 어쩌면 굴러 떨어질지도 모른다는 생각에 방어기제가 작동하는 것인지 발이 제대로 움직이지 않는다. 만에 하나라도 내가 여기서 발을 삐끗하면 눈앞에 내려가는 사람들을 뒤에서 밀어 버릴 수도 있다. 그렇게 되면 정말 큰일이니 신중을 기하느라 주저하게 되는 것이다.

손잡이도 이제까지는 잡은 적이 없었는데 무슨 일이 생기면 안 된다는 생각에, 특히 하행의 경우는 손잡이를 꽉 잡게 되었다. 이것도 젊었을 때는 왜 모두 손잡이를 잡는지 이해하지 못했다. 양손에 짐을 들고도 아무런 흔들림 없이 잘 버티고 서 있었다. 그런데 지금은 가벼운 짐만 들고 있어도 바로 손잡이부터 찾아서 꽉 잡는다. 이것도 몸이 갑작스러운 일에 대응하지 못할 거라고 본능적으로 인식해서 손잡이를 잡게 되는 것이다.

이런 이야기를 친구에게 했더니 그 친구는 요즘에는 하행 에스컬레이터 꼭대기에서 우물쭈물하고 있어도 주위 사람들이 싫은 얼굴을 하지 않는다고 말했다. 예전에는 그렇게 서 있으면 뒤에서 오는 사람들이 그 친구의 모습을 보고 노골적으로 혀를 차거나 왜 저러냐는 표정으로 쳐다봤다고 한다. 그런데 최근에는 우물쭈물하는 친구를 앞질러서 하나둘 에스컬레이터를 탄다고 한다.

"분명히 딱 봐도 아줌마니까 그런 거야. 모두가 어쩔 수 없다고 포기하는 거지."

그 친구는 이렇게 말하고 웃었다. 주위 사람들에게 우물쭈물하는 것이 당연한 사람으로 인식되는 것은 아줌마인 우리들에게는 좋은 소식이 아닌가. 그렇게 생각하면 이보다 더 마음 편한 상황도 없다.

사람들에게 피해를 줄까 봐 걱정이 되니까 계속해서 나오는 발판 사이에 발이 끼이지 않도록 걱정하는 것이다. 어설프게 조급해하다가 사고라도 나면 정말 큰일이니까⋯. 예순 가까이 된 우리는 주위 젊은 사람들이 어느 정도는 눈 감아 주고 안전을 제일로 생각하면 좋겠다고 생각했다.

양쪽 부모가 모두 일본인인데도 마치 한쪽 부모가 서양인인 것처럼 눈이 또렷하고 콧대가 높은 아이가 엄청 많다. 도대체 무엇이 영향을 끼친 걸까?

서구화되는 외모

최근에 태어난 아기의 얼굴을 보면 생후 1개월이라고 하는 데도 눈이 또렷하고 콧날도 오뚝해서 굉장히 예쁘다. 지인이 남자아이를 낳고 한 달 정도 되었을 때 보내온 사진을 보고 깜짝 놀랐다. 아직 한 달밖에 되지 않았는데도 눈이 또렷하고 귀여워서 엄청 예뻤다. 이미 가족들과 대화도 나눌 수 있을 것 같은 완성된 얼굴이었다.

아버지가 촬영한 생후 1개월 정도의 나를 할머니가 대야에서 목욕시키는 사진이 아직 남아 있다. 하지만 그 모습은 '이게 뭐야.'라고 할 정도로 묘한 생물체였다. 그 생물체가 지금의 내가 되었다고는 상상하기가 어렵다.

얼굴은 주름으로 우글쭈글하고 표정도 읽을 수 없다. 60년 전의 내 얼굴을 보고 있으니 진지하게 '인간의 조상은 원숭이다.'라는 말을 이해할 수 있었다. 나만 원숭이와 비슷했던 것이 아니라 당시의 아기들은 대부분이 그랬고 인간의 얼굴이 되기까지 시간이 걸렸다. 하지만 요즘 아기들은 원숭이 같은 느낌이 전혀 없고 태어나자마자 바로 인간의 얼굴이다.

옛날에는 운동회에서 스타가 되는, 운동신경이 엄청 뛰어난 원숭이와 닮은 아이가 한 학년에 1명 정도 있었는데 최근에는 본 적이 없다. 모두 깔끔하고 예쁜 데다가 체형도 훌륭하다. 옛날 어린아이는 기저귀를 하고 아장아장 걸으면 모두 땅바닥에 기저귀가 닿을 것처럼 다리가 짧고 굴러갈 것같이 동그란 체형이었는데, 요즘 어린아이는 날씬하고 허리가 위에 있다.

이런 어린아이들이 자라니까 요즘 초등학생들의 체형도 길쭉길쭉한 것이다. 다리만 길어지는 것이 아닌가 하는 착각이 들 정도다. 안타깝게도 자라면서 앉은키만 커진 나와 나란히 서면 그들의 골반이 내 가슴에 올 정도다.

사람은 환경에 따라 변하니까 일본인의 생활이 서구화되면서 외모도 서구화된 것 같다. 양쪽 부모가 모두 일본인인데도 마치 한쪽 부모가 서양인인 것처럼 눈이 또렷하고 콧대가 높은 아이가 엄청 많다. 부모 둘 다 아주 평범한 체형인데도 그 사이에서 태어난 아이들은 부모보다 훨씬 체형이 좋다.

일본인의 DNA를 이어받아 태어났는데 외모가 서구화되다니 이건 도대체 무엇이 영향을 끼친 걸까? 외모는 서양인처럼 예쁜데 일본인이 가진 체질의 이점도 이어받았을지 궁금해졌다.

이런 서양인의 얼굴을 한 아기가 많지만 가끔 쇼와 시절에 태어난 것처럼 동그란 얼굴에 작은 눈 그리고 짧은 체형을 가진, 흙으로 만든 소박한 일본 전통인형 같은 아기를 만날 때가 있다. 스모 선수를 초미니 사이즈로 축소해 놓은 것 같은 모습을 보면 흥분된다. 이 얼굴이야말로 귀중한 일본의 아기 얼굴이라고, 멸종위기종으로 지정하고 싶은 기분이 든다.

고령의 부부가 사이좋게 천천히 걸으며 길가의 집 마당에 있는 나무를 보기도 하고 새소리가 들리면 고개를 들어 하늘을 보기도 했다. 꼭 온화함을 그림으로 그려 놓은 것 같았다.

나이 들어서도
사이좋은 부부가 되려면…

최근에 집 주변을 산책하다 보면 고령의 부부가 사이좋게 걸어가는 모습을 자주 보게 된다. 그들은 천천히 걸으며 길가의 집 마당에 있는 나무를 보기도 하고 새소리가 들리면 고개를 들어 하늘을 보기도 했다. 꼭 온화함을 그림으로 그려 놓은 것 같았다. 지금까지의 인생에서는 산도 있었고 골짜기도 있었을 텐데 그 위기를 부부가 함께 극복하고 노년에 들어서 사이좋게 지내는 것이 아주 멋져 보였다.

주변 부부들을 보면 신혼 당시에는 행복감이 넘치다가 40대가 되면서 여러 문제가 터져 나온다. 아내는 남편의 둔감함에 질려 버리고 남편은 아내의 행동이 지긋지긋해지기 시작한다. 서로 이야기할 시간의 여유도 없고 화를 내는 사이에 마음이 점점 멀어지는 것 같다.

다음은 20년쯤 전에 편집자에게서 들은 이야기이다. 그 편집자가 근무하던 출판사가 발간하는 잡지에서 소설을 공모했는데, 우수작을 선정해서 상을 주고 단행본으로도 발간했다. 그런데 다양한 내용의 원고 중 미스터리 소설에서 대부분한 가지 경향이 나타났다고 했다.

"살해당하는 피해자가 거의 주인공의 아내예요."

미스터리 소설이라면 항상 살인사건이 일어난다. 응모된 원고를 읽어 보면 아내가 사건에 휘말려 죽는 설정이 너무 많았다는 것이다. 그중에는 아내가 희생될 필요가 전혀 없는데도 무리하게 지워 버리는 느낌이 드는 내용도 있었다고 한다.

당시에는 남성 응모자가 많았다고 한다. 남편이 실제로 그런 죄를 지을 수는 없으니 적어도 소설에서만이라도 아내가 사라지길 바라는 마음을 담은 것이다. 컴퓨터가 지금처럼 일반적이지 않던 시기여서 워드프로세서로 작성한 경우도 있었지만 손으로 직접 써서 보내는 사람도 많았다고 한다.

"원고지를 보면 아내가 죽는 장면에서 자신도 모르게 힘이 들어가서 종이에 가해진 압력이 큰 것이 느껴졌어요."

그중에서는 자신의 마음이 지나치게 드러나 중간부터 '아내(妻)'를 끝까지 글자가 비슷한 '독(毒)'으로 쓴 원고도 있었다고 한다. 다른 비슷한 글자인 '보리(麥)'와 헷갈린 원고는 없었다고 한다.

"소설 속에서 아내를 죽이고 후련해했겠죠."

편집자는 쓴웃음을 지었다. 원고를 쓴 남편은 분명 즐거웠을 것이다. 그들에게는 상보다도 아내가 사라지는 소설을 쓰는 것이 더 의미가 컸을 것이다.

그렇게 조금씩이라도 몰래 울분을 풀어야 나이가 들어서도 사이좋은 부부로 남을 수 있을 것 같다는 생각이 들었다. 아내의 모습을 곁눈으로 보면서 남편은 '지워 버렸다.' 하고 몰래 득의에 찬 웃음을 짓는다. 소설의 완성도는 어떻든 간에 부부관계를 유지하기 위해서 미리 부정적인 감정을 제거하는 남편의 노력에 미혼인 나는 고개가 저절로 숙여졌다.

문제가 생겼을 때 대처 방법을 보면 그 사람의 본성을 알 수 있다고 한다. 그렇다면 그들은 도대체 집이나 학교에서 어떤 교육을 받아 온 것일까?

이해되지 않는 젊은이들의 행동

얼마 전에 42세의 지인 여성과 만났더니 젊은 사원들의 행동이 이해가 가지 않는다고 화를 냈다. 지인은 차장으로 20대의 부하 직원이 몇 명 있다고 했다. 처음에는 전부 다 괜찮은 사람인 줄 알았는데 문제가 생겼을 때 그들의 반응이 이상하다고 했다.

어느 날 그들이 일하는 방식에 문제가 있다고 느낀 지인은 메일로 그 부분에 대해서 설명해 달라고 연락했다. 그런데 아무런 답이 없었다. 몇 번이나 메일을 보냈는데도 완전히 무시했다고 한다. 개인적인 일로 연락을 했는데 답이 없다면 어쩔 수 없다고 생각하고 그냥 넘길 수도 있겠지만 일에 대해서 상사가 물어봤는데 그걸 무시했다는 것에 나는 깜짝 놀랐다.

내가 회사원이었을 때는 생각도 할 수 없는 일이었다. 사회인이 그런 태도를 취하는 건 말이 되지 않는다고 하니 지인은 그런 일이 요즘에는 아무렇지도 않게 일어난다고 말하며 한숨을 쉬었다.

당연히 그들이 메일을 자주 사용하지 않거나 싫어하는 것도 아니다. 자기가 자신 있는 분야나 관심 있는 일에 대해서는 아주 시끄러울 정도로 적극적이라고 한다. 지인에게도 몇 번이고 장문의 메일을 보냈다고 한다.

그런데 자기가 불리한 입장에 처하면 상사의 연락조차 무시한다는 것이다. 그 일이 업무에 얼마나 중요한 의미가 있는지는 관계없는 것이었다. 자기가 관심 없는 사안이거나 내용이 불쾌하면 그냥 방치해 버린다고 한다.

몇 번이나 메일을 보냈는데도 무시당한 지인이 그들의 자리로 직접 가서 "답을 해 달라고 했는데, 왜 연락을 안 하는 거야?" 하고 묻자 그들은 상사의 얼굴은 보지도 않고 컴퓨터 화면만 보면서 대답했다고 한다.

"별로…."

지인은 모두가 하나같이 같은 태도를 취하는 것이 너무 신기했다고 한다.

"아니, '별로'라니 전혀 답이 안 되잖아요. 계속 추궁했지만 그 이후로는 계속 아무 말도 하지 않고 무시를 하는 거예요."

지인이 근무하는 회사는 들어가기가 굉장히 어렵고 좋은 대학을 나온 인재가 모여 있는 곳이다.

"최근에는 직원들의 수준이 떨어져서 지금까지 해 오던 식으로는 일을 하기가 힘들어요. 심할 때 야단이라도 치면 부모들이 끼어들어서 불만을 늘어놓으니까요."

좋은 대학을 졸업하고 좋은 회사에 입사하고 나니 이미 자신은 특별한 사람이라는 자신감 과잉이 되어 다른 사람에게 실수를 지적받을 입장이 아니라고 착각하는 것이 아닐까?

문제가 생겼을 때 대처 방법을 보면 그 사람의 본성을 알 수 있다고 한다. 그렇다면 그들은 도대체 집이나 학교에서 어떤 교육을 받아 온 것일까? 성적은 좋아도 예의, 정직, 겸허라는 말은 모르는 것 같았다.

지인의 이야기를 듣고 괜스레 내가 화가 나서 '사회인이 된 지 얼마 되지도 않은 햇병아리 주제에 자기가 무슨 대단한 사람이라고 착각하는 건지!' 하고 전원을 집합시켜 놓고 야단이라도 치고 싶어졌다.

한여름에 낙낙한 상의를 한번 입
어 봤더니 너무 편해서 이제는 티
셔츠를 입을 수 없게 되었다. 몸
주위로 바람이 통하니 정말 쾌적
했다.

여름을 쾌적하게 보내는 법

　최근 수년 동안 도쿄는 초여름부터 여름철이 지나서까지
계속 습도가 높은 날들이 이어졌다. 여름 오후에 내리는 소나
기는 운치가 있지만 게릴라성 호우에서는 아무런 정취도 느
껴지지 않는다. 예전에는 오후에 한 차례 소나기가 지나가고
나면 상쾌하게 개어서 열기가 확 가라앉았는데, 최근에는 하
늘이 계속 흐리고 땅에서도 후덥지근하게 습기가 올라온다.
계속 습기에 싸여 있는 것 같은 기분이 든다.

　이런 환경 속에서 가장 곤란한 것은 '여름을 나는 것'이다.
나는 지금까지 에어컨을 거의 사용하지 않고도 잘 지냈는데
의료 관련 일을 하는 지인에게 주의를 받았다.

　"최근에는 확실히 환경이 달라졌어요. 몸이 차가워지지 않
도록 주의하면서 에어컨은 사용하는 편이 좋아요. 그렇지 않

으면 몸에 부담이 되니까요."

나는 여름에 항상 티셔츠에 반바지 대신 긴 치마바지를 입고 다닌다. 그런데 앞서 말한 지인이 또 한마디 했다.

"티셔츠는 더워요. 바람이 잘 통하는 스목이나 튜닉을 입는 게 제일 좋아요. 진짜 시원한 건 할머니들이 입는 여름용 원피스예요."

그래서 한여름에 낙낙한 상의를 한번 입어 봤더니 너무 편해서 이제는 티셔츠를 입을 수 없게 되었다. 몸 주위로 바람이 통하니 정말 쾌적했다.

스타일을 목숨처럼 중요하게 여기는 젊은 사람들은 한여름에 집에 있을 때 어떤 차림을 하는지 물어봤더니 바로 대답이 돌아왔다.

"안 입어요."

무엇보다 시원하고 마음이 편한 것이 가장 중요하기 때문에 결국 아무것도 안 입게 되었다고 한다.

"외출할 때는 엄청 신경 쓰지만 집에 있을 때는 아무거나 상관없어요."

낙차가 엄청났다. 아무리 혼자 산다고 해도 나체로 집에 있으면 곤란하지 않냐고 물어보았다. 그랬더니 열려 있는 옆 건물의 창문을 아무 생각 없이 쳐다보다가 또래 여성과 눈이 마주친 적이 있었는데 그때 서로 놀라 바로 눈을 피했다고 한다.

"서로 어깨 정도까지밖에 보이지 않았지만 그 당황한 모습을 보면 분명 저처럼 옷을 벗고 있었던 게 틀림없어요."

택배가 와서 벨이 울렸을 때 목소리는 들리는데 좀처럼 문이 열리지 않는 경우도 집 주인이 옷을 입고 있지 않아서라고 했다.

"그렇게 넓은 집에 사는 것도 아니니까요. 걸쳐 입을 걸 필사적으로 찾는 거죠."

'그렇구나.' 하면서 이해는 하지만, 나에게는 '나체족'이 될 용기는 없다.

여름에 몸이 상하는 것은 고령자만이 아니다. 이제는 젊은 사람들도 조심해야 할 환경이 되어 버렸다. 헐렁한 원피스를 입든지, 아예 옷을 입지 않든지 간에 매년 힘들어지는 여름을 모두 조금이라도 쾌적하게 보내길 바랄 뿐이다.

도둑은 작은 온정으로 약혼반지를 남겼지만 피해자는 산 지 얼마 안 된 코트나 돌려줬으면 좋겠다고 했다. 그 도둑과 사고방식이 달라 전혀 기쁘지도 않고 고맙지도 않은 결과가 되어 버렸다.

약혼반지를 남긴 도둑

맞벌이를 하는 지인의 집은 딸도 중학교에 다녀서 낮에는 사람이 없다. 이런 상황을 도둑들은 금방 알아채는지 3개월 전에 도둑이 들어 집 안에 있는 거의 모든 물건을 다 들고 갔다고 한다.

학교에서 귀가한 딸에게 연락을 받은 지인은 바로 경찰을 불러 집으로 갔다. 가전제품도 사라지고 가구도 붙박이를 제외하고는 전부 없어졌다. 차고에 있던 차도 훔치려고 한 흔적이 있는 걸로 보아 시도했다가 안 돼서 포기하고 도망친 것 같았다.

집 안을 돌아보면서 경찰관에게 피해 상황을 이야기하던 지인은 침실의 열려 있는 서랍 안에서 반지 케이스를 발견했다. 지인이 약혼할 때 남편에게 받은, 고급보석점에서 산 다

이아몬드가 박힌 약혼반지였다. 같은 서랍 안에 있던 다른 2개의 반지는 사라지고 없었다. 집 안에 남아 있던 것은 이제 세탁을 해야 하는 더러워진 옷과 그 반지뿐이었다.

"왜 다른 반지는 가져갔으면서 약혼반지만 남겨 뒀을까? 귀금속은 맨 처음에 가져가지 않나?"

내가 고개를 갸웃거리자 지인은 대답했다.

"딸의 옷, 인형, 만화책, 장난감 목걸이, 팔찌, 반지까지 다가져갔는데 이상하지? 반지 안쪽에 이름을 새긴 것도 아니라 바로 팔 수 있을 텐데…."

우리는 집 안에 있는 것을 모조리 가져가면서 약혼반지만 남겨 놓은 도둑의 마음을 추측해 보았다.

범인이 여러 명이지 않으면 이런 범죄는 불가능하니까 범인 중 하나가 약혼반지에 대해 크게 반응한 것이다. 물건을 훔치는 걸 아무렇지도 않게 생각하는 사람이라면 보통은 고급보석점의 반지인 데다 주인을 특정할 수 있게 이름이 새겨진 것도 아니기 때문에 잘됐다고 가져가서 모르는 척 아는 여성에게 주거나 바로 팔아서 돈으로 바꿨을 것이다.

"아마도 그 사람 주위에 약혼반지와 관련된 여성이 있는 게 틀림없어."

그 도둑에게는 결혼을 생각하는 애인이 있는 것이다. 그 애인은 도둑이 이런 나쁜 일에 손을 대는 걸 모를 것이다. 약혼반지를 본 순간 그 도둑의 마음이 동요해서 분명 집 주인에게는 소중한 것일 테니 놔 두고 가자고 한 것이 아닐까? 결국 눈앞의 약혼반지를 훔쳐서 애인에게 줄 정도로 나쁜 인간은 아니라는 결론을 내렸다.

범인은 아직 잡히지 않았다. 가족이 다 무사하고 약혼반지라도 남아 있어서 다행이라고 내가 위로하니 지인은 화를 내며 말했다.

"약혼반지는 특별히 필요하지도 않은데 뭘. 그보다 산 지 얼마 안 된 코트나 돌려줬으면 좋겠어."

도둑은 작은 온정으로 약혼반지를 남겼지만, 피해자인 지인은 그 도둑과 사고방식이 달라 전혀 기쁘지도 않고 고맙지도 않은 결과가 되어 버렸다.

몸의 모든 부분이 한 단계 더 상
태가 나빠진 것 같다. 중년이 되면
무슨 일이 있어도 무리하면 안 된
다는 사실을 가슴에 새겼다.

무리하면 안 되는 나이

중년이 되면 누구나 몸이 약해졌다는 사실을 자각하게 된다. 사전에서 '중년'을 찾아보니 '40대에서 50대 후반까지'라고 되어 있는데 내 연령은 현재 중년의 우두머리로 2년 정도 지나면 '노년'의 가장 막내가 될 것이다.

일상생활 속에서 '이럴 수가' 하고 고개를 갸웃거리는 일이 계속 생기기 때문에 젊었을 때와는 확실히 다르다고 인식하는데도 최근에 또 '어?' 하고 놀라는 일이 많아졌다. 내 또래 친구들도 젊었을 때와 지금이 다르다는 사실을 너무 잘 아는데도 놀랄 일이 너무 많다고 탄식했다.

한 친구는 TV를 보다가 귀가 가려워서 귀이개로 귓속을 긁었다고 한다. 그런데 다음 날 귀가 너무 아파서 이비인후과에 갔더니 "중이염입니다. 뭘 한 거죠?"라는 질문을 받았다고 한다. 힘을 주고 긁은 것도 아니고 그냥 간지러워서 가볍게 긁은 것뿐인데 중이염에 걸린 것이다.

"믿을 수가 없지 뭐야. 왜 이렇게 된 거지?"

그 친구는 이곳저곳이 가려운 모양이었다. 여름에는 땀을 흘린 다음에 머리가 가려워서 손가락으로 두피를 긁었는데 그 다음 날 미용실에 갔더니 미용사가 깜짝 놀랐다고 한다. 왜 그러냐고 물으니 이마의 머리가 나기 시작하는 부분부터 머리띠를 하는 위치까지 두피가 새빨갛다고 했다. 두피가 간지럽긴 했지만 그렇게 심각한 상태일 거라고는 상상도 못했다고 한다.

한편 내 경우는 호박, 양파, 감자를 담은 장바구니를 손에 들고 집에 왔더니 다음 날 왼팔과 등 근육이 땅겼다. 그리고 아침에 세수를 하고 선크림을 바르려고 거울을 봤더니 코만 새빨개져서 놀란 적도 있다. 아침에 일어났을 때만 해도 아무렇지도 않았고 어디에 부딪힌 적도 없었다. 세수를 하면서 무슨 일이 있었나 생각해 봤더니 코 주변이 끈적거려서 조금 세게 문질렀던 사실이 떠올랐다. 그 결과 딸기코가 된 것이다. 다행히 금방 붉은 기가 사라지고 원래대로 돌아갔지만 그 정도의 일로 이렇게 되다니 참 당황스러웠다.

걷기 운동을 하고 땀을 많이 흘려서 평소보다 더 신경 써서 멘톨 샴푸로 머리를 감았더니 다음 날 머리가 욱신거린 적도 있다. 엄밀하게 말하자면 아픈 것은 머리가 아니라 두피로 너무 열심히 씻어서 그렇게 된 것이었다. 낮에 계속 집을 치우다가 열사병에 걸린 뻔한 사람도 있다고 한다.

아무래도 막 중년이 되었을 때와는 다르게 몸의 모든 부분이 한 단계 더 상태가 나빠진 것 같다. 조금 더 몸을 신경 써서 돌봐야겠다고 생각했다. 동시에 중년이 되면 무슨 일이 있어도 무리하면 안 된다는 사실을 가슴에 새겼다.

작은 개에게도 자신만의 취향이
있었다. 푸딩짱의 전속 뜨개인으
로서 주인님의 마음에 드는 옷을
만들고 싶다.

개도 자신만의 취향이 있다

지인이 키우는 푸딩짱이라는 이름의 나이 많은 치와와가 점점 추위에 약해져 갔다. 그래서 스웨터를 입히려는데 강아지용 스웨터는 간단한 뜨개질로 된 것도 가격이 굉장히 비싸다는 말을 듣고 내가 떠 주기로 했다.

나는 초등학교에 들어가기 전부터 엄마에게 뜨개질을 배웠기 때문에 뜨개질 인생이 50년 이상으로 아주 길다. 원고를 쓰는 것보다 뜨개질을 더 잘한다.

사람이 입는 스웨터는 아이용부터 신사용까지 200벌 이상 떠 봤지만 강아지용은 경험이 없어서 강아지 스웨터 뜨는 방법을 알려 주는 책을 구입했다. 사이즈를 확인하기 위해 빌려 온 푸딩짱의 면으로 된 운동복을 옆에 놓고, 지금까지 한 번도 만들어 본 적 없는 모양의 뜨개질 도안을 보면서 디자인을 골랐다.

그런데 디자인을 골라도 그것이 중형견용이나 대형견용이면 체중이 2킬로그램인 푸딩짱에게는 맞지 않아서 만들 수 없는 경우도 많았다. 중형견이나 대형견은 심플한 디자인, 소형견은 장식이 달려서 귀여움을 강조하는 디자인이 많았다.

지금까지 귀여운 디자인의 뜨개질은 해 본 적이 없었기에 나는 '이걸로 진짜 스웨터가 되는가?' 하는 의문을 가진 채 몸통 부분을 뜨고 프릴과 장미꽃 장식도 만들었다. 그것들을 하나로 합쳤더니 일단 도안대로는 만들어졌다. 그런데 아무리 봐도 귀여운 장식이 달린, 구멍 뚫린 무릎보호대로밖에 보이지 않았다.

자신은 없었지만 지인에게 일단 옷을 건넸다. 바로 푸딩짱에게 입혀 봤더니 너무 귀여운 것이 아닌가? '아, 입으면 이렇게 되는구나.' 하고 납득하고 나니 강아지 스웨터를 짜는 데 속도가 나서 스웨터를 8개나 더 만들어 버렸다. 이번에는 여기에 꽃 장식을 달아 줘야지, 자수도 해 줄까 등 점점 욕심이 생겼다.

지인은 푸딩짱이 스웨터를 입은 사진을 찍어서 보내주었

다. 그런데 놀랍게도 그 사진들 중에서 다른 사진과는 확연히 다르게 웃는 표정의 사진이 있었다.

"이게 특별히 더 마음에 드나 봐."

전체적으로 성긴 무늬에다 목둘레에 큰 프릴이 달려 있는 오렌지색 스웨터였다. 목 부분은 끝에 하얀 꽃장식이 달린 끈을 넣어서 사이즈를 조절할 수 있도록 만들었다. 지인이 스웨터를 손에 들면 항상 푸딩짱이 스스로 머리를 넣는데, 특히 이 스웨터의 경우에는 엄청난 속도로 달려온다고 했다.

털실의 색은 달라도 모두 같은 종류이기 때문에 촉감이 특별히 더 좋은 것은 아닐 것이다. 옷단에 프릴을 다는 것보다 목 주변이 화려한 것이 푸딩짱의 취향으로 보였다.

나는 충격을 받았다. 저렇게 작은 개에게도 자신만의 취향이 있었다. 푸딩짱의 전속 뜨개인으로서 주인님의 마음에 드는 옷을 만들고 싶다. 그 오렌지색 스웨터만큼 기뻐해 줄 것을 기대하며 이후로도 계속 목둘레에 나풀거리는 장식이 달린 강아지 스웨터만 만들고 있다.

예전의 증명서는 아주 훌륭하게 '증명한다!'는 위엄이 있었는데 기계가 토해 낸 증명서는 '잘 모르겠지만 사용할 수 있을걸.' 하는 분위기다.

기계로 발급받은 인감증명서

예전에는 인감증명을 발급받으려면 도장을 가지고 가서 주소, 이름, 사용 목적 등을 자세하게 서류에 기입한 다음 신분증을 지참하고 창구에 제출해야 했다. 담당직원이 내 얼굴을 보며 "본인이세요?" 하고 확인을 하면 가슴이 두근거렸다. 혹시라도 발급해 주지 않을까 봐 마음을 졸였다. 이후에 카드식 인감등록증이라는 것이 생겨서 도장을 가지고 갈 필요가 없어졌을 때 엄청난 것이 생겼다고 생각했다.

부동산을 사거나 보증인이 되는 것처럼 자신에게 중요한 책임이 발생하는 경우에 보통 인감증명이 필요하다. 그런데 그 책임에 비해서 절차가 엄청나게 간단해진 것이다.

얼마 전에 인감증명을 첨부해야 할 일이 생겨서 인감등록증을 가지고 근처 출장소에 갔다. 담당직원이 무엇을 물어봐도 전부 대처할 수 있도록 도장, 여권, 주민표 코드 번호를 적은 메모까지 다 가지고 갔다. 도착해서 기입할 서류를 찾았지만 어디 있는지 보이지 않았다.

창구에 있는 사람에게 서류가 어디 있는지 물었더니 인감등록증이 있는지 물어봐서 꺼내 보여 주었다. 그러자 그것으로 기계에서 발급받을 수 있다고 했다. 그 직원은 잠시 자리에서 무언가를 하더니 나에게 인감등록증을 돌려주며 기계가 있는 부스로 안내해 주었다.

"이제 사용하셔도 되니 이쪽 화면의 지시를 따라 주세요."

"네⋯. 감사합니다."

나는 그 큰 기계 앞에 계속 서 있었다. 수수료도 기계로 지불하면 되는, 편의점에 있는 복사기 같은 시스템이었다. 정말 인감증명을 발급할 수 있는지 의아해하면서 동전을 기계에 넣은 다음 긴장하며 인감등록증을 넣었더니 굉장히 큰 기계음이 나왔다.

"카드의 방향이 잘못되었습니다."

'뭐야, 어떡해⋯.'

나는 땀을 닦으면서 반대로 다시 넣었다. 그리고 순서에 따라 기계를 조작하니 소리가 나면서 종이가 한 장 나왔다. 확실히 내 인감이 찍힌 인감증명이었다. 백지가 아니라 작은 무늬가 있는 종이에 인쇄되어 나왔지만 어딘가 저렴해 보였다.

예전의 증명서는 아주 훌륭하게 '증명한다!'는 위엄이 있었는데 기계가 토해 낸 증명서는 '잘 모르겠지만 사용할 수 있을걸.' 하는 분위기였다. 나는 이것을 정말 사용할 수 있을지 불안해서 불빛에 비춰 보기도 하고 냄새도 맡아 봤지만 어쨌든 일단 서류에 첨부해서 보냈다.

서류는 문제없이 접수되었지만 증명서가 이렇게 간단하게 발급된다고는 생각지도 못했다. 공무원의 인건비 감축 문제도 있을 것이다. 실제로 그 출장소도 직원의 수가 반으로 줄었다. 앞으로는 주위에서 일어나는 변화에도 익숙해져야겠다는 생각이 새삼스럽게 든 하루였다.

내가 한 발을 더 내디뎠다면 분명
히 충돌했을 상황이었다. 자전거
에 탄 사람은 전혀 감속하거나 서
행할 생각이 없는 듯 전속력으로
달려서 그 자리를 떠났다.

자전거 사고도 위험하다

나는 서른 살 정도까지는 자전거를 애용했다. 하지만 당시에는 주차장이 부족해서 자전거를 세워 둘 장소를 찾는 것이 귀찮아 웬만하면 도보로 이동하게 되었다. 자동차는 없기 때문에 도심에 갈 때는 전철을 타지만 두세 정거장 거리 정도면 걸어 다녔다.

지금은 주차장 설비도 잘되어 있고 환경 문제도 있어서 예전보다 자전거 인구가 더 많아졌다. 자전거로 통근하는 사람도 있다고 한다. 도쿄에서는 자동차보다 자전거가 편리할지도 모르겠다.

내 남동생은 자전거를 좋아한다. 직접 자전거를 조립하기도 하고, 기계식 주차장을 이용하지 않고 자신의 방에 둘 정도다. 그래서 나는 자전거를 좋아하는 사람의 마음을 이해한다. 하지만 매너가 없는 사람이 있는 것도 사실이다.

자전거와 보행자의 충돌 사고가 계속 일어나는데 그것이 되돌릴 수 없는 큰 사고로 발전한 뉴스도 들은 적 있다. 자동차를 운전할 때는 절대적으로 인간이 약하다는 사실을 잘 알기 때문에 보행자에게 주의를 하지만 자전거는 부딪혀도 별일이 없을 거라고 생각하는 걸까?

나도 나이가 들면서 위기 감지 능력이 떨어져 바람처럼 내옆으로 자전거가 지나가면 정말 진땀이 흐른다. 그런 자전거에는 보행자에게 경고하는 장치가 달려 있지 않은 건지 의문이 든다.

바로 얼마 전에 자전거에 치일 뻔한 일이 있었다. 자동차 1대가 지나갈 수 있을 정도의 일방통행 도로에서 벌어진 일이었다. 왼쪽에는 쭉 집이 있고 구획별로 우회전할 수 있는 길이나 있었다. 마치 삼거리가 쭉 이어져 있는 것 같은 길이었다.

줄지어 서 있는 주택을 따라서 똑바로 걷고 있었는데 뒤에서 엄청난 속도로 달려오던 자전거가 내 왼쪽에서 튀어나와 급하게 오른쪽으로 방향을 틀었다. 내가 한 발을 더 내디뎠다면 분명히 충돌했을 상황이었다.

나는 순간적으로 발레리나처럼 발끝으로 선 상태로 멈췄다. 자전거에 탄 사람은 젊은 사람이었는데 아이나 노인이 있어도 전혀 감속하거나 서행할 생각이 없는 듯 전속력으로 달려서 그 자리를 떠났다.

집에 돌아와서도 무섭기도 하고 화가 나기도 하고 마음이 진정되지 않았다. 왜 보행자와 그렇게 가까운 거리에서 앞질러서 우회전을 한 건지….

'우회전이 하고 싶으면 사람이 지나간 후에 해도 됐을 텐데….'

이래서 사고가 일어난다는 생각이 들어 한숨이 나왔다. 나는 운이 좋았던 것뿐이다. 평소처럼 걸어가다가 사고를 당한다면 너무 화가 날 것 같았다.

전속력으로 질주하고 싶으면 그것이 가능한 장소에 가서 달리면 될 텐데 주택가에서 질주하는 마음이 이해되지 않았다. 자전거에 탄 사람이 넘어져서 다치는 건 본인 실수라 어쩔 수 없다 하더라도 타인을 끌어들이지는 말았으면 좋겠다. 그 후로는 수상한 사람으로 보일까 걱정하면서도 전보다 더 외출할 때 주위를 두리번거리는 버릇이 생겼다.

상식이 없는 아빠들의 행동에 화가 났다. 그들의 자식들이 하루라도 빨리 아빠를 나무라는 날이 왔으면 좋겠다. "아빠, 이런 건 하면 안 되니까 그만하자."

이해하기 어려운 아빠들

평일에 백화점 위층에서 볼일을 보고 내려가는 에스컬레이터를 탔는데 장난감을 파는 층에서 4살 정도의 여자아이를 목말을 태운 키가 큰 아빠가 나타났다. 나는 당연히 아이를 어깨에서 내려서 손을 잡고 에스컬레이터를 탈 거라고 생각했다. 그런데 그 남성은 목말을 태운 채로 하행 에스컬레이터에 올랐다.

그 남성은 아이의 양발을 잡고 있었기 때문에 손잡이를 잡지 않았다. 게다가 다른 사람이 없는 것을 틈타서 움직이는 에스컬레이터를 걸어 내려갔다. 나는 깜짝 놀랐다. 동시에 등줄기가 오싹해지면서 괜찮은 건지 몇 번이고 혼잣말로 중얼거렸다.

그 사람 혼자라면 에스컬레이터를 걸어서 내려가든, 중간에 넘어져서 구르든 뭘 하든 자유이지만 아이를 데리고 그런 행동을 하다니 위기의식이 전혀 없는 것 같았다. 긴급사태가 발생해서 갑자기 정지 버튼이 눌릴 가능성도 있다. 아이의 시선은 2미터 이상이 될 텐데…. 여자아이의 표정이 굳어진 걸로 봐서 아이는 불안하고 굉장히 무서웠을 것이다.

"아이를 데리고 나오는 엄마뿐만 아니라 아빠도 문제가 많아."

친구에게 그 이야기를 했더니 친구는 자기 주위에도 이해하기 어려운 아빠가 있다고 했다. 그 집에는 초등학생 남자아이가 셋 있고 40대 중반의 아빠는 자영업을 한다고 했다. 그 아빠는 시간이 나면 아이들과 함께 축구와 캐치볼을 하는데 자신의 집 앞이 아니라 다른 집 앞으로 이동해서 한다는 것이다. 캐치볼할 때 공을 잡지 못하면 이웃집의 차에 흠집이 생길 수도 있고, 축구공을 차면 이웃집의 문이나 쓰레기통에 맞는다고 했다.

그 아빠와 아이들은 타인의 집에 피해를 준다는 자각은 없는 듯 소리를 지르며 소란스럽게 논다고 했다. 왜 자기 집 앞에서 하지 않는지 친구에게 물어보니 자기 집과 차가 더러워지는 것이 싫은 것 같다며 어이없어했다. 한 번은 부인이 옆집 말고 '우리 집' 앞에서 하라고 화를 내니 그 남성이 막말을 해댔다고 한다.

"시끄러워. 짜증나는 할망구 같으니…."

아이들도 아빠를 따라 욕을 하며 떠들어댔다고 한다.

"요즘은 진짜 이런저런 사람이 많으니까 모두 자기가 맞다고 생각해도 아무 말도 하지 않고 참는 거야. 이웃집에서 차에 커버를 씌웠더라고…."

옆집과 문제가 생기는 것보다는 스스로 지키는 방법을 마련하는 게 낫다는 것이다. 그런데 아무리 그래도 상식이 없는 아빠들의 행동에는 화가 났다. 나는 그들의 자식들이 어느 날 문득 잘못되었다는 사실을 깨닫고 하루라도 빨리 아빠를 나무라는 날이 오면 좋겠다고 생각했다.

"아빠, 이런 건 하면 안 되니까 그만하자."

깜짝 놀라 발버둥을 치며 저항했
더니 겨우 아래로 내려 주었다. 어
깨에서 옆으로 메고 있던 작은 가
방의 지퍼가 완전히 열려 있었고
지갑은 이미 사라진 후였다.

신변의 안전이
가장 우선이다

　최근 젊은 사람들은 해외여행에는 관심이 없는 모양이지만 내 주위의 중장년층은 부지런히 해외로 나가고 있다. 지인 중에 50대 후반 여성도 딸과 함께 2주 동안 해외로 여행을 갔고, 40대 남성도 70대 부모님과 함께 해외로 떠났다. 하지만 그들이 돌아온 뒤 들은 이야기는 여행지에서 겪은 재난이었다.

　50대 후반 여성은 저녁에 관광지에 있는 육교를 건넜다고 한다. 대학생 딸은 뒤에서 자기 속도대로 걷고 있었다. 그때 밑에 있는 광장에서 이벤트가 시작되어 주위 사람들이 확 몰려들었다.

　이 여성도 무슨 일인가 하고 난간에서 밑을 내려다봤는데, 젊은 외국인 남성이 다가와 힘들지 않느냐고 자신이 안아서 보여 주겠다고 영어로 말을 걸었다. 젊은 여성이었다면 '이게 바로 말로만 듣던 사랑의 시작인가?' 하고 가슴이 두근거렸겠지만 50대 후반이 되면 여행지의 사랑보다는 신변의 안전이 우선이다.

그런데 지인이 영어로 거절을 어떻게 하면 되는지 생각하는 사이에 그 남성이 확 안아 올렸다고 한다. 깜짝 놀라 발버둥을 치며 저항했더니 겨우 아래로 내려주었다. 그 남성은 생긋 웃으며 그 자리를 떠났다. 일본에서는 절대로 일어날 수 없는 상황에 당황하고 있으니 딸이 다가와 가방을 가리키며 말했다.

"열렸어."

어깨에서 옆으로 메고 있던 작은 가방의 지퍼가 완전히 열려 있었고 지갑은 이미 사라진 후였다.

"그 전까지는 조심을 했는데 남성이 안아 올린 것 때문에 당황해서 가방 같은 건 잊어버렸어요."

딸한테는 혼이 나고 모처럼 떠난 여행도 지갑을 분실한 기억밖에 나지 않아 실망했다고 한다.

40대 남성은 아버지가 재난을 겪었다고 한다. 아버지는 옆에서 떨어지지 말라는 아들의 말을 듣지 않고 혼자 앞서갔다고 한다. 위험을 감지한 지인이 어머니의 손을 잡고 앞으로 가려고 했지만 인파가 많은 탓에 좀처럼 앞으로 갈 수 없었다.

그때 8미터 정도 앞에서 아버지가 양손을 들고 발레리나처럼 빙글빙글 돌고 있는 것이 보였다. 아버지 주위에는 몇 명의 외국인이 있었다. 지인이 겨우 사람들 사이를 뚫고 손을 뻗어 아버지의 어깨를 잡았더니 그 남성들은 재빨리 도망가버렸다.

아버지에게 어떻게 된 일인지 물었더니 갑자기 남성들에게 둘러싸였고, 그 남성들이 아버지의 몸을 빙글빙글 돌리면서 이곳저곳을 만졌다고 한다. 아버지는 허리에 메는 가방을 하고 있었는데 아들이 지퍼가 간단하게 열리지 않도록 사전에 그 지퍼 구멍과 바지 벨트 구멍을 끈으로 연결해서 묶어 놓았기 때문에 아무것도 도둑맞지 않았다고 한다. 편하다고 주머니에 돈이나 카드를 넣어 두었다면 바로 사라졌을 것이다.

두 경우 모두 피해자가 몸을 움직이지 못하도록 한 것을 보니 아주 악질이었다. 예방책은 혼자가 되지 않는 것이다. 해외여행을 하는 중장년층은 진짜 조심해야겠다는 생각을 하게 되었다.

원하는 것을 손에 넣었을 때는 인
생에서 이렇게 좋은 날도 있구나
하는 생각에 소녀만화처럼 얼굴
주변에 별과 꽃이 빙글빙글 도는
것 같았다.

아주 소소한 것이 주는 기쁨

얼마 전에 TV를 보다가 나보다 조금 나이가 많을 것 같은 여성이 어린 시절을 추억하는 말을 들었다.

"어렸을 때 매년 추석 때 빨간 끈이 달린 새 게타를 사 주셨는데 그게 너무 기뻐서 머리맡에 두고 잤어요."

그 말을 듣고 나도 물건을 '머리맡에 두고 잔' 기억이 났다. 빨간 끈이 달린 게타는 아니었지만 사고 싶었던 물건을 가지게 되어 며칠이나 머리맡에 두고 잔 기억이 있다. 도쿄 기치조지역 앞 시장 안에 있던, 화장품과 함께 이런저런 물건을 팔던 가게에서 부모님이 향수를 사 준 것이다. 뚜껑 부분까지 합쳐서 높이가 3센티미터 정도였던 걸 생각하면 정품 향수가 아니라 샘플 같은 것이 아니었나 싶다. 이름은 카피(Cappi) 향수였다.

어린 시절에 내 주변에는 좋은 향기가 나는 것이 별로 없었다. 좋아하던 냄새는 차를 파는 곳에서 나는 찻잎 볶는 냄새, 새 다다미 냄새, 비누 냄새, 엄마가 가끔 쓰는 향수 냄새 정도였다.

나는 부모님에게 무언가를 사 달라고 조른 적이 없는 아이였기 때문에 향수를 갖고 싶다고 말하지 못했다. 그런데 꽃향기가 나는 내 향수를 갖게 되어 가게 안에서도, 밖에서도, 버스 안에서도, 집에 돌아와서도 덩실거리며 춤을 추고 싶을 정도로 기뻤다.

어쩌면 부모님은 내가 얕은 바구니 안에 쌓아 놓고 팔던 작은 향수병을 계속 쳐다보는 것이 불쌍해 보였는지도 모른다. 부모님이 그 자리에서 바로 사 준 것은 가격이 쌌기 때문일 것이다.

뚜껑을 열고 빨리 냄새를 맡고 싶었지만 향이 날아가는 것이 아까워서 몹시 주저하다가 결심을 하고 뚜껑을 열어 냄새를 맡았다. 이 세상 냄새가 아닌 것 같은 좋은 향기가 났다. 부모님에게 향수는 증발한다고 들었기 때문에 아주 조금만 냄새를 맡고 바로 뚜껑을 닫아 쭉 병만 쳐다보고 있었다.

잘 때는 향수병을 머리맡에 두고 잤고 아침에 일어나서는 잘 있는지 확인하고 안심했다. 증발해서 없어지는 것이 싫어서 뚜껑을 닫은 채로 콧구멍을 크게 벌려 병에 바짝 가까이 대고 희미한 냄새를 온 힘을 다해 들이마셨다.

나뿐만 아니라 그 당시의 아이들은 갖고 싶은 물건을 대부분 가지지 못했다. 생일과 크리스마스, 가족에게 선물을 받을 수 있는 날은 1년에 두 번밖에 없었다. 그런데 나는 12월에 태어나 한꺼번에 선물을 받았기 때문에 기회가 한 번밖에 없었다.

그래서 원하는 것을 손에 넣었을 때는 인생에서 이렇게 좋은 날도 있구나 하는 생각에 소녀만화처럼 얼굴 주변에 별과 꽃이 빙글빙글 도는 것 같았다. 아주 소소한 것이었지만 그 기쁨은 꽤 오래 이어졌다.

지금 아이들은 자신이 원할 때 먹고 싶은 것을 먹을 수 있고, 예전에 비해 원하는 물건도 쉽게 가질 수 있다. 그래도 역시 기쁜 마음에 받은 물건을 내가 어렸을 때처럼 머리맡에 두고 자는지 문득 궁금해졌다.

내가 애용하는 머그컵이 3만 엔에
팔린다는 사실을 알아도 기쁘지
않았다. 마음에 들어 사용한다면
가격 같은 건 상관이 없다.

마음에 든다면 가격이야…

사고 싶은 식기를 매장에서 보고 구입하려고 어느 가게에 있는지 인터넷으로 검색해 보았다. 그때 한 가게의 사이트가 상위에 표시되었다. 그 사이트는 신제품뿐만 아니라 조금 오래된 식기도 취급했는데 어떤 식기를 판매하는지 봤더니 처음 보는 무늬의 식기가 많아서 재미있게 사진을 구경했다.

그때 머그컵 하나가 눈에 들어왔다.

'어, 이거 내 머그컵이랑 같은 거다.'

내가 매일 사용하는 것과 같은 제품이 판매되고 있었다. 그런데 가격이 무려 3만 엔! 0이 하나 더 붙은 걸로 잘못 본 건 아닌지 다시 확인을 해 봐도 역시 3만 엔이었다.

이 머그컵은 7년 전에 산 것이다. 가격은 소비세를 포함해서 3,000엔이 조금 넘었다. 수입 제품이었지만 특별히 화려하거나 유명한 작가가 만든 것도 아니다. 그런데 이렇게 단기간에 가격이 10배가 된 것이다.

분명히 백화점에서 구입했을 때 그해의 한정품이라는 말이 쓰여 있긴 했다. 한정품이기는 하지만 개점 전에 긴 행렬이 생긴다든지 하는 현상은 없었다. 한정품이라도 같은 시리즈의 머그컵과 같은 가격이었고 매장에도 여러 개가 남아 있었다. 나는 겨울과 잘 어울리는 무늬가 마음에 들어서 구입한 것뿐이다.

나는 오래된 물건에 대해서는 잘 모르지만 그 머그컵의 가격이 왜 원래 가격의 10배나 된 건지 이해가 되지 않았다. 빈티지, 앤티크라고 불리면서 고가가 되는 상품이 있다는 것은 알고 있다. 하지만 그런 제품들은 수십 년, 수백 년이라는 시간이 흘러서 그 나름대로의 역사가 있지 않은가.

이렇게 단기간에…. 그것도 유리컵을 진열하는 훌륭한 찬장 안이 잘 어울리는, 소중한 손님에게 내놓을 만한 섬세한 제품도 아니었기 때문에 '왜?'라는 말이 머릿속에서 떠나지 않았다.

얼마 전까지 백화점 식기 매장에서 팔리던 평소에 사용하

는 머그컵이다. 어떤 상품에 대해서도 수집가는 존재하니 3
만 엔이라는 가격도 그들을 대상으로 한 가격이겠지만, 이것
은 구입하기 어려운 제품이 아니다. 수집가라면 처음 판매했
을 때 간단히 살 수 있었을 것이다. 그런데 왜 이런 가격이 되
었을까?

내가 애용하는 머그컵이 3만 엔에 팔린다는 사실을 알아도
기쁘지 않았다. 마음에 들어 사용한다면 가격 같은 건 상관이
없다. 사용하면서 구입했을 때의 가격을 생각하는 건 왠지 없
어 보인다.

일상적으로 사용하는 물건이 어떤 기준에 의해 비싼 가격
으로 책정되어 당당하게 팔리는 것을 보니 놀라지 않을 수 없
었다. 너무 놀라서 사고 싶었던 식기에 대한 생각도 없어졌
다. 그때부터 그 머그컵을 사용할 때마다 '아, 이 컵이…'라는
생각에 의아해진다.

나는 스포츠 방송을 좋아한다. 엄
청나게 노력하고 그 과정에서 고
생도 하다가 마침내 영광스러운
무대에서 승리하는 모습을 통해
감동받기 때문이다.

모두가 스포츠를
좋아할 필요는 없지만…

최근에 나는 라디오를 주로 듣는 생활을 하고 있다. TV는 스포츠 관련 방송만 본다. 그런 이야기를 나보다 나이가 조금 어린 여성 지인에게 했더니 이해할 수 없다는 듯이 말했다.

"스포츠가 뭐가 좋아요?"

나보다 몇 배나 더 활발하고 행동력 있는 지인의 말을 듣고 놀랐다.

"보면 재미있잖아. 드라마처럼 정해진 스토리도 없으니까 무슨 일이 일어날지 모르는 것도 재미있고…."

그러자 지인은 완벽하게 부정하는 말을 했다.

"다른 사람이 하는 스포츠를 보는 게 즐거워요?"

나는 중학생 때 탁구부 부장이었다. 구에서 주최하는 대회가 열리면 2회전에서 반드시 지는 약한 팀이었지만 달리기,

토끼뜀 뛰기, 공치기 1,000번 등 지칠 때까지 운동을 했다. 그런데 지금은 왕복 40분 거리의 옆 동네까지 걸어서 장을 보러 가고, 생각이 나면 하반신 강화를 위해 스쿼트를 하루에 10회 정도 하는 것이 전부이다. 헬스장에 가지도 않는다.

한편 지인은 학생 때는 운동을 하지 않았지만 어른이 되어서 정기적으로 헬스장에 다니고 있고 지금은 요가에 빠져 있다. 나와는 달리 평소에 운동을 하는데도 스포츠에는 흥미가 없다. 세계적으로 가장 큰 이벤트인 올림픽에도 무관심이다.

물론 스포츠에 관심이 없는 사람도 있다. 모두가 스포츠를 좋아할 필요도 없다.

내가 왜 스포츠 방송을 좋아하는지 생각해 보았다. 일반인과는 확연히 수준이 다른 능력이 있을 뿐만 아니라 엄청나게 노력하고 그 과정에서 고생도 하다가 마침내 영광스러운 무대에서 승리하는 것이 마땅히 해야 할 일이 된 모습을 통해 감동받기 때문이었다.

'바로 여기'라는 절정의 순간에는 가슴이 두근거린다. 역도산의 시대에는 프로레슬링 중계를 보다가 흥분해서 쇼크로 사망한 고령자도 있었는데, 나도 그렇게 되는 것이 아닌가 하는 생각이 들 정도로 진정이 되지 않는다.

하지만 스포츠에 관심이 없는 지인은 그런 식으로 생각하지 않고 쿨한 태도를 취한다.

"결과는 뉴스를 보면 되잖아요. 전 관심이 없으니 그것도 안 보지만요."

어쩌면 지인은 자기 자신에게 가장 관심이 많은 유형일지도 모른다.

"스모는 그냥 뚱뚱한 알몸의 남성들이 서로 뒤얽혀 싸우는 거고, 야구 같은 것도 그냥 나무 막대로 공을 치는 거잖아요."

아쉽게도 그때 아무런 말도 하지 못했다. 그런데 그때부터 마라톤을 보면 '그냥 계속 달리는 것뿐', 축구를 보면 '그냥 공을 차서 망이 쳐진 틀 안에 넣는 것뿐'이라는 생각만 들어서 마음이 복잡하다.

ㅂ은 모기를 제치고 싫어하는 생
물 순위 1위로 뛰어올랐다. 밉상스
러운 ㅂ이 실내를 마구 돌아다닌
다고 생각하니 화가 나서 참을 수
가 없다.

ㅂ과의 싸움

　지금까지 나는 이 세상에 살아 있는 생물 중에 모기가 제일 싫었다. 어쩐지 기분 나쁜 날갯소리를 내며 날아와 피를 빨아 먹는다. 피를 가져가는 것도 모자라 가려움까지 주고 가다니 정말 은혜를 모른다. 그래서 많은 사람이 싫어하는 'ㅂ'으로 시작하는, 부엌에서 바스락거리는 그 벌레(이름만 봐도 소름이 끼친다는 사람이 많아 이름은 쓰지 않기로 했다.)보다도 모기가 더 싫었다.

　그런데 모기 쪽에서 '아줌마 피는 마셔도 맛있지가 않아.'라고 소문이 났는지 50대 후반이 지나니 젊었을 때에 비해 모기에 많이 물리지 않게 되었다. 나도 둔감해진 건지 모기에 물려도 별로 가렵지도 않아서 모기의 1위 자리가 흔들리고 있었다. 2위는 굳이 말하자면 ㅂ이었는데 집에서는 좀처럼 볼

일이 없어서 싫어할 정도로 접점이 없었다.

그런데 이유는 알 수 없지만 1주일 전쯤부터 ㅂ의 모습이 자주 목격되었다. 당황해서 해충 방제 용품을 구입해서 부엌에 있는 모든 서랍을 점검했더니 '꺅!'의 연속이었다. 고무장갑을 끼고 알코올 스프레이를 손에 들고 전부 닦아 냈다. ㅂ은 모기를 제치고 싫어하는 생물 순위 1위로 뛰어올랐다.

나는 혼자 살기 때문에 그릇이 별로 많지 않다. 쉽게 꺼내 쓰기 위해서 싱크대 위의 선반이 아니라 조리대 아래 서랍 안에 넣어 둔다. 평소에 쓰는 것은 앞쪽에, 자주 쓰지 않는 것은 뒤쪽에 둔다. 그런데 안쪽에 두었던 아끼는 식기에 ㅂ의 흔적이 남아 있는 것을 보고 충격을 받았다.

끓는 물에 넣어 소독한다 해도 더 이상 사용하고 싶은 기분이 들지 않아서 어쩔 수 없이 다 처분했다. 그 전까지는 ㅂ의 모습을 본 적이 없었기 때문에 서랍 안쪽은 체크하지 않았던 것이다.

전자제품 설명서 등 중요하지 않은 물건이 들어 있던 서랍에는 피해가 없었고, 중요한 것이 들어 있던 서랍만 큰 피해를 입었다. 나무 주걱 등 몇 종의 조리도구, 친구에게 받아서 소중하게 간직하던 프랑스제 키친용 수건도 피해를 입어 처분할 수밖에 없었다.

ㅂ에 대한 나의 분노는 정점에 달해 절대로 용서하지 않겠다는 마음으로 한 마리도 집 안으로 들어오지 못하게 하겠다고 준비하고 기다렸다. 그랬더니 어디에 숨어 있던 건지 ㅂ 한 마리가 살금살금 기어 나왔다. 나는 기회를 놓치지 않고 바로 고양이에게 "잡아!" 하고 소리쳤다. 그런데 우리 집 할머니 고양이는 ㅂ이 더듬이를 움직이는 모습을 보고 슬금슬금 뒷걸음질을 쳤다.

나는 뜨거운 물이 ㅂ에 대한 필살기라고 들었기에 뜨거운 물이 들어 있는 물통을 가지러 부엌으로 달려갔다. 그런데 돌아오니 그 녀석의 모습이 보이지 않았다. 고양이에게 물어봐도 시치미를 뗐다. 밉상스러운 ㅂ이 실내를 마구 돌아다닌다고 생각하니 화가 나서 참을 수가 없었다. ㅂ의 완전 제거를 목표로 다음에 만날 때는 무조건 숨통을 끊어 놓겠다고 다짐했다.

해냈다는 성취감이 가라앉은 후에도 좀처럼 몸이 진정되지 않았다. 저 정도의 춤이라면 출 수 있을 거라고 가볍게 생각했는데 실제로 해 보니 운동량이 내 체력을 넘어선 것이다.

걸그룹 춤 따라 하기

나는 하루에 TV를 2시간 정도밖에 보지 않지만 가끔은 보고 싶은 방송이 많은 날도 있다. 그럴 때는 녹화를 해 두고 볼 만한 방송이 없을 때 재생해서 보고 있다.

얼마 전에 실수로 심야의 동시간대에 하는 두 방송을 예약 녹화하게 되어서 전혀 볼 생각이 없었던 방송이 디스크에 남게 되었다. 오후에 일이 하기 싫어서 그냥 그 방송을 틀어 봤더니 걸그룹 AKB48이 개그맨 3명에게 '사랑하는 포춘쿠키'의 안무를 가르쳐 준 다음 이들이 30분 만에 어느 정도 춤을 출 수 있는지 확인하는 내용이었다.

보고 있으니 멤버의 안무 지도 방법이 굉장히 뛰어났다. '주먹밥을 만드는 것처럼', '왼쪽, 오른쪽으로 지팡이를 짚듯이', '귀 뒤쪽에 향수를 바르는 것처럼' 등 아주 알기 쉽게 설명을 했다. 그 멤버는 안무를 한 번 보면 거의 다 외우는 것 같았다. 춤에 재능이 있는 사람들은 그런 능력도 가지고 있는 것일까?

나는 춤을 보는 것은 좋아하지만 잘 추지는 못한다. 그런데 이 노래를 들으니 젊은 시절에 듣던 미국 팝음악의 분위기와 비슷해서 옛날 생각이 났다. 에그자일의 격렬한 춤이었다면 처음부터 도전해 보려는 생각도 하지 않았겠지만, '사랑하는 포춘쿠키'는 스텝 중심이었기 때문에 나도 할 수 있을 것 같아 그 멤버의 설명을 들으며 따라 해 봤다.

처음에는 어색해도 노래의 분위기를 타고 춤을 추면 즐거워진다. 당황하면서 춤을 추는 중년 개그맨의 모습을 보면 내가 제대로 추는 것 같다는 우월감도 느껴졌다. 다만 내가 상상하는 것과 달리 상반신에 집중하면 하반신의 움직임을 소홀히 하게 되었다. 특히 하반신이 너무 둔해서 내가 봐도 어이가 없을 정도였다.

허리를 돌리면서 자연스럽게 그 자리에서 돌아야 하는데 뭔가 움직임이 어색했다. 몸 관절의 한 부분이 어딘가에 걸린 것이 틀림없었다. 하지만 어찌어찌 안무를 외워서 마지막에는 화면에 나오는 그들과 함께 기분 좋게 콧노래를 흥얼거리며 끝까지 춤을 출 수 있었다.

그런데 해냈다는 성취감이 가라앉은 후에도 좀처럼 몸이 진정되지 않았다. 머리가 어질어질해져서 소파에 앉아 몸에 힘을 빼고 있으면서 '나이에 맞지 않는 일'을 해서 무리했다는 생각이 들었다. 이것이 주책을 부린 것이 아니면 뭐란 말인가?

저 정도의 춤이라면 출 수 있을 거라고 가볍게 생각했는데 실제로 해 보니 운동량이 내 체력을 넘어선 것이다. 예순의 나이에 일주일에 4번, 1시간 정도 걷는 것으로는 '사랑하는 포춘쿠키'에 맞춰 처음부터 끝까지 춤을 추는 건 무리였다.

어느 정도 힘을 빼고 있었더니 진정이 되어 일을 할 수 있게 되었다. 혈액 순환은 좋아진 것 같았지만 모처럼 외운 안무는 다음 날 바로 다 잊어버렸다. 몸과 머리가 다 늙어 버렸다는 사실을 통감했다.

같은 놀라움인데도 개는 웃음을 주었지만 그 남성은 불쾌감과 분노를 느끼게 했다. 그 개가 기죽지 말고 앞으로도 계속 힘차게 돌면 좋겠다.

따뜻한 마음이 없는 사람

　나는 오전이나 저녁에 산책하면서 장을 보는데 그때 꽤 자주 만나는 개가 있다. 물론 개가 혼자 있는 것은 아니고 항상 주인인 중년 여성과 함께이다. 처음에 그 개를 봤을 때는 건널목 앞에 옆으로 누워 있었다. 개는 건널목을 건너다가 발이 선로에 걸리거나 끼었던 경험이 있으면 길을 건너기 싫어한다고 들은 적이 있어서 그 개도 그런 것이 아닌지 생각하면서 지켜보았다.

　그런데 건널목의 경고음이 울리고 차단기가 내려가기 시작하자 그때까지 축 늘어져 있던 개가 허리를 펴고 똑바로 앉더니 눈을 반짝거렸다. 그리고 전철이 달려오자 그 전까지는 '멍멍' 하고도 짖지 않던 개가 '컁컁컁' 하고 큰 소리로 짖으며 엄청난 기세로 그 자리에서 자신의 꼬리를 뒤쫓듯이 빙빙 돌기 시작했다.

건널목에서 전철이 지나가길 기다리던 사람들이 처음에는 놀라서 보다가 엄청난 속도로 도는 모습에 '후후후' 하고 웃기 시작했다. 이상하지만 웃기고 귀여워서 남녀노소 모두 웃으며 지켜봤다.

그 개는 건널목에서 만날 때마다 똑같은 행동을 했다. 도대체 왜 전철이 건널목을 통과할 때 빠르게 도는지는 알 수 없지만 나는 건널목이 가까워지면 '그 아이가 있을까?' 하고 기대를 하게 되었다.

어느 날 건널목 건너편 가게에서 물건을 사고 다시 건널목을 건너서 돌아오려고 하는데 경고음이 울리기 시작한 차단기 옆에 그 개가 앉아 있는 모습이 보였다. 역시 전철이 통과하자 빙글빙글 돌기 시작했고 주위 사람들도 놀라면서 웃고 있었다. 이런 흐뭇한 광경을 보던 60대 후반의 부부 중 남편이 말했다.

"저기 봐, 또 있어, 저 바보개."

농담이 아니라 진심으로 경멸하는 말투로 내뱉었다.

나는 빠르게 도는 개의 이름도 모르고 주인의 지인도 아니지만 화가 날 정도로 놀라고 기분이 나빠졌다.

'바보개라니 무슨 말이야! 주인도 아니면서 그런 말을 할 권리가 있어?'

다행히 가장 앞줄에 서 있던 주인은 듣지 못하고 개와 함께 건널목을 건넜다. 하지만 몇 번이나 다시 생각해도 화가 났다. 분명히 그 남성은 자신 이외의 모든 것을 자신의 아래로 보고 생각 없는 말을 내뱉은 것이다.

나는 따뜻한 마음이 없는 사람이 정말 싫다. 같은 놀라움인데도 개는 웃음을 주었지만 그 남성은 불쾌감과 분노를 느끼게 했다. 이 세상에는 이해하기 어려운 사고방식을 가진 사람이 많다. 그 개가 오만한 남성의 발언에 기죽지 말고 앞으로도 계속 힘차게 돌면 좋겠다.

초밥이 나오자 사진을 찍고 함께 사진을 보며 엄청 신이 났고 초밥은 방치되었다. 초밥집에 오는 손님으로서는 있을 수 없는 행동을 반복했다.

외식할 때
무엇이 더 중요한 걸까

　나는 외식은 거의 하지 않고 기본적으로 삼시 세끼 모두 집에서 직접 만들어 먹는다. 그런데 친구가 유명한 음식점을 소개하는 책에도 나와서 예약이 어려울 정도인 초밥집 주인과 아는 사이라고 함께 먹으러 가자고 했다. 나에게는 3년 만의 저녁 외식이었다.

　세련된 가게에서 주인과 직원의 모습만 봐도 기분이 상쾌했다. 초밥은 무얼 먹어도 맛있었다. 그렇게 친구와 즐겁게 식사를 하고 있는데 내 오른쪽으로 30대 남녀가 와서 자리에 앉았다.

　분홍색 원피스를 입은 여성의 배가 불러 있는 것으로 보아 부부 같았다. 주인과 하는 대화를 들어 보니 나처럼 처음 이 가게에 방문한 것 같았다. 나는 앞으로 부인이 출산, 육아라는 큰일을 앞두고 있어서 힘내라는 의미로 같이 온 건가 상상하면서 채소절임을 추가해서 눈앞의 초밥에 집중했다.

조금 있으니 부인이 큰 분홍색 가방에서 바스락바스락하는 소리를 내며 무언가를 찾았다. 신경 쓰지 않고 계속 먹고 있는데, 부인이 차려입은 옷과는 어울리지 않는 회색의 투박한 큰 물체를 가방에서 꺼냈다. 자세히 보니 비싸 보이는 렌즈가 달린 SLR 카메라였다. 부인은 몸을 앞으로 내밀고 진열대에 놓인 초밥을 촬영하기 시작했다.

내 친구도 눈이 동그래졌다. 이런 공간에 왔으니 기념으로 한 장 정도 찍는 거라고 생각했는데 부부는 모처럼 먹는 초밥은 눈앞에 그대로 두고 카메라의 사진을 보면서 신이 나서 이야기를 이어갔다. 그들에게는 방금 만든 눈앞의 초밥보다도 디지털카메라의 사진이 우선순위였던 것이다.

내가 마음속으로 빨리 좀 먹으라고 말했더니 겨우 다시 먹기 시작했다. 그리고 다음 초밥이 나오자 다시 사진을 찍고 함께 사진을 보며 엄청 신이 났고 초밥은 또 방치되었다. 초밥집에 오는 손님으로서는 있을 수 없는 행동을 반복했다.

주인이 살며시 주의를 주었다.

"다른 손님에게 폐가 되니 사진 촬영은 피해 주세요."

그러자 부부는 알겠다고 고개를 끄덕였다. 하지만 다음 초밥이 나오자 다시 사진을 찍기 시작했다. 다행히 그것을 끝으로 카메라는 가방 안으로 들어갔지만 도대체 뭐하는 사람들인지 친구와 나는 어이가 없었다.

최근에는 트위터나 블로그를 하는 사람도 많으니 사진을 올리기 위해 사진을 찍었을 수도 있다. 하지만 나이가 있는 손님들이 조용히 식사를 하는 공간에서 가게 분위기는 생각하지 않고 아무렇지도 않게 사진을 찍는 건 이해가 되지 않는다.

친구는 성인이 된 자녀가 있어서 그런지 분개하며 말했다.

"앞으로 부모가 되는데 저런 상태로 괜찮을까?"

오랜만에 밤에 나온 나도 역시 놀라지 않을 수 없었다.

부동산 광고에서 문(扉)을 소변
(尿)으로 잘못 보고는 깜짝 놀랐
다. 다른 사람들에게 들킨 것은 아
니라 창피를 당하지는 않았지만
나는 조용히 타격을 입고 있다.

잘못 보는 일이 자주 생긴다

　나의 덜렁거리는 성격에 대해서 앞에서도 썼지만 이런 기질은 고쳐지지 않는 것 같다. 얼마 전에도 잡지에서 한 여성의 이야기를 읽었는데 '우리 가족은 장이 무거워서….'라는 내용이었다.

　'장이 무겁다고?'

　나는 무슨 의미인지 알 수가 없었다. 잠시 생각한 다음 아마도 이 가족은 변비 체질이어서 장이 무겁다는 표현을 쓴 것인가 보다 하며 내 나름대로 납득을 하고 계속 읽어 나갔다. 그런데 점점 읽을수록 앞뒤가 맞지 않았다.

　그래서 다시 한 번 자세히 봤더니 장(腸)이 무거운 것이 아니라 허리(腰)가 무겁다는 것(역주: 엉덩이가 무겁다는 뜻)이었다. 돋보기를 끼고 읽었는데도 잘못 본 것이다. 이미 눈의 문제를 넘어서 머리의 문제가 된 걸지도 모른다.

나는 읽고 싶은 책을 인터넷에서 한꺼번에 구입하기 때문에 1주일에 한 번은 꼭 택배 배달원과 만난다. 그때 사용하는 도장은 작은 상자에 넣어서 현관 신발장 위에 둔다. 얼마 전에도 택배가 도착해서 현관에서 도장을 들고 기다렸다. 우리 집까지 오는 데 시간이 좀 걸리기에 '엘리베이터가 1층에 있지 않았구나.' 하고 생각하면서 문득 손을 봤더니 도장은 없고 짧은 휴대용 구둣주걱이 있었다.

너무 놀라서 구둣주걱을 던져 버리고 다시 도장을 든 순간 벨이 울렸다. 나는 아무것도 모른다는 얼굴로 "감사합니다." 하고 말하고 전표에 도장을 찍었지만 사실은 식은땀이 났다.

도대체 왜 그런 건지 몰라 신발장을 보니 전날 청소를 하면서 도장 보관함과 구둣주걱을 서로 반대로 뒀다는 사실이 떠올랐다. 자리를 바꾼 것은 나인데 주의력이 산만하니 분명히 그곳에 있을 거라고 생각하고 도장이 아닌 구둣주걱을 손에 든 것이다. 같은 플라스틱제라고는 하지만 손에 들었을 때 잘못 들었다는 것을 눈치 채지 못한 사실이 더 당황스러웠다.

그래도 문을 열기 전에 깨달아서 정말 다행이었다. 생긋 웃으며 구둣주걱을 내밀었다면 배달원도 깜짝 놀랐을 것이다. 기본적인 성격과 나이듦이 원인인 것은 틀림없지만 스스로 너무 한심했다.

'손가락으로 가리키며 확인하자.', '1초 주의하지 않으면 평생 남는 상처를 입으니 조심하자.'처럼 하루하루 나를 되돌아보는 내용이 늘어 간다. 그런데 오늘도 부동산 광고에서 문(扉)을 소변(尿)으로 잘못 보고는 깜짝 놀랐다. 다른 사람들에게 들킨 것은 아니라 창피를 당하지는 않았지만 나는 조용히 타격을 입고 있다.

아이들에게 가르쳐야 할 소중한
것이 무엇인지 착각하고 있는 부
모들을 생각하면 기가 막힌다.

기본 예의를 가르치지 않는 부모

얼마 전에 유아원에 다니는 아이를 키우는 지인 여성이 한숨을 쉬며 말하는 것을 들었다.

"최근 젊은 엄마들의 사고방식이 이해가 안 돼요."

지인은 마흔에 출산을 해서 주위에 띠동갑 이상으로 나이가 어린 엄마가 많다고 한다.

지인이 아이가 유치원에 들어가기 전에 근처 아동관(역주: 0세부터 18세 미만의 아동을 위한 복지시설)에 데리고 갔을 때의 일이다. 벌써 10명 정도 아이가 놀고 있어서 비품인 장난감으로 놀게 했더니 자신의 아이보다 조금 나이가 많아 보이는 남자아이가 소리를 치기 시작했다.

"사과 없어! 사과, 사과!"

그 남자아이는 소꿉장난에 관심이 많은 듯 자신의 눈앞에 작은 플라스틱 그릇을 늘어놓고 케이크와 주먹밥 등을 만들어 그 위에 놓아두었다. 그중에 빈 그릇이 보였는데 그 위에 있던 사과가 사라진 것 같았다.

"사과가 없어!"

그 남자아이는 큰 소리로 엄청나게 화를 냈다. 그런데 아이 엄마는 사과를 찾으려고 하는 것이 아니라 아이를 다른 아이들이 놀고 있는 곳으로 가게 하며 말했다.

"그러면 누가 네 사과를 훔쳤는지 모두에게 가서 물어봐."

그 남자아이는 각자 좋아하는 장난감을 가지고 놀던 아이들에게 하나하나 "내 사과 내놔." 하며 시비를 걸었다.

다른 아이들은 어안이 벙벙해했고 그중에는 무서워서 우는 아이도 있었다. 결국 사과는 그 남자아이가 앉아 있던 방석 밑에서 발견되었다. 의심 받은 다른 아이 엄마들이 화를 냈지만 그 남자아이의 엄마는 아무 일도 없었던 것처럼 모르는 척했다고 한다.

지인의 아이가 다니는 유치원은 매일 아이를 데리러 가야 한다. 그래서 아이들이 집으로 돌아올 때 엄마들이 다 모이는데, 아이들이 유치원 밖으로 나온 순간 간식을 주는 사람이 많다고 한다. 그것도 사탕처럼 입 안에 다 들어가는 작은 것이 아니고 슈퍼마켓에서 파는 떡이나 만쥬가 3개씩 든 팩이나 편의점에서 파는 케이크를 주고 걸어가면서 손으로 집어서 먹게 한다고 한다.

"예의 같은 건 가르치지도 않아요. 도대체 무슨 생각을 하는 건지….."

지인은 아주 분개했다.

그 유치원은 원에서 영어를 사용하도록 하면서 영어 교육에 공을 들이고 있다. 그 덕분에 아이들은 어른이 되어서 영어는 잘할지 모르겠지만 어릴 때부터 기본적인 예의조차 모르고 자란다면 만국 공통으로 좋지 않은 인상을 남길 것이다.

아이들에게 가르쳐야 할 소중한 것이 무엇인지 착각하고 있는 부모들을 생각하면 기가 막힌다. 나는 아이도 없고 손주도 없지만 만약 할머니였다면 분명히 이런저런 잔소리를 하는 시끄러운 시어머니나 장모가 되었을 것 같다는 생각이 들며 쓴웃음이 지어졌다.

수첩도 변해 가는 시대에 따라 달
라진다. 그것은 어쩔 수 없다. 하
지만 그 변화를 따르지 않는 나에
게는 모든 수첩이 사용하기 불편
해졌다.

사용하기 편한 수첩이 없다

새로운 해를 맞이하여 지금까지 오랜 시간 사용해 온 수첩 대신 다른 종류를 사용해 보자는 생각이 들어 문구 전문점을 찾았다. 계속 사용하던 수첩은 서로 분리된 본체와 주소록을 커버로 묶는 형태이다. 아무래도 두꺼워질 수밖에 없기 때문에 수첩 안에 주소록이 들어가 있는 얇은 것을 쓰고 싶었다.

매장에는 사이즈별로 다양한 형태의 수첩이 진열되어 있었다. 그중에서 딱 하나가 마음에 들었다. 첫 페이지를 열면 블록 모양의 월별 스케줄표가 있고 그 뒤 페이지부터는 왼쪽은 일주일의 스케줄표, 오른쪽은 괘선만 있는 메모칸으로 되어 있었다.

나는 매달 전체적인 마감 날짜를 체크하기 위해서 한눈에 볼 수 있는 블록으로 된 월별 스케줄표가 꼭 필요하다. 하지만 이것만으로는 하루하루의 세세한 일정을 적을 수 없기 때문에 일별 메모칸도 필요하다. 그런데 이 2가지 기능을 모두 갖춘 수첩을 발견해서 좋아했더니 문제가 하나 있었다. 주소록이 없는 것이었다.

괘선만 있는 12페이지의 얇은 노트가 덤처럼 붙어 있지만 주소록으로 쓰기에는 종이가 모자랐다. 다른 수첩은 어떤지 봤더니 전부 주소록 부분이 줄어들어 있었다. 일단 다시 생각해 보기 위해 아무것도 사지 않고 집으로 돌아왔다.

왜 최근에 나오는 대부분의 수첩에는 주소록이 없는지 모르겠다고 지인에게 말했더니 이렇게 대답했다.

"지금은 휴대전화에서 주소록을 관리하는 사람이 많아서 수첩에 쓸 필요가 없어."

그 지인도 일정이나 주소록 관리는 전부 휴대전화로 한다고 했다. 알람이나 건강관리 기능도 추가되면서 휴대전화가 굉장히 영리해졌다는 사실은 알고 있지만 나는 휴대전화를 사용하지 않는다. 그래서 외출해서 급하게 연락해야 할 때는 수첩과 주소록이 필요하다.

수첩도 변해 가는 시대에 따라 달라진다. 그것은 어쩔 수 없다. 하지만 그 변화를 따르지 않는 나에게는 모든 수첩이 사용하기 불편해졌다.

"그렇게 모든 기능을 다 넣어 놓고 혹시라도 휴대전화를 잃어버리면 어쩔 거야?"

수첩 사양까지 대다수의 사람에게 맞추는 상황에 순간적으로 화가 났다. 그러자 지인은 말했다.

"수첩은 어디에 떨어뜨리기라도 하면 개인정보가 바로 유출되잖아요. 그런데 휴대전화에는 잠금 기능이 있으니까 잃어버려도 중요한 건 타인이 볼 수 없어요."

나의 입장은 더 불리해졌다. 나만 곤란하다면 그나마 괜찮지만 주소록에 있는 사람들에게 피해를 주는 일은 없어야 한다. 거듭 고민한 결과, 지금까지 사용하던 수첩과 똑같은 제품을 다시 구입했다. 그리고 세심한 주의를 기울여 수첩을 분실하지 않도록 조심해야겠다고 다짐했다.

원하는 대로 머리가 정리되지 않는다. 헤어스타일링 제품도 사용해 봤지만 머리를 만지면 만질수록 정수리 부분이 점점 납작해져 이상한 헤어스타일이 되어 갔다.

왜 모발에
성가신 변화가 찾아오는 걸까

현재 나의 가장 큰 고민은 헤어스타일이다. 피부가 약해서 파마를 한 적도 없고 흰머리도 쉰세 살부터 나기 시작했지만 은발이 마음에 들어 염색도 안 한 쇼트커트 스타일로 흰머리를 그대로 두고 있다.

평소에는 헤어와 메이크업을 하는 사람이 집에 와서 머리카락을 잘라 주는데, 그분이 시간이 나지 않을 때는 아무 곳이나 집 근처에 있는 미용실에 간다. 그러면 미용사에게 굉장히 집요하게 염색을 강요당한다. 흰머리를 그대로 드러내는 건 여성이 아니라는 뉘앙스의 말을 들은 적도 있다.

나는 식물 염료인 헤나를 사용해도 피부에 문제가 생길 정도로 피부가 약하다고 설명을 해도 아주 집요했다.

"그러다가 문제가 생기면 그쪽이 책임질 건가요?"

내가 그렇게 말하니 미용사는 노골적으로 불쾌한 표정을 지었다.

나는 흰머리에 대한 고민은 없다. 문제는 이상한 머리카락의 성질이다.

원래는 머리가 안쪽으로 말려서 지금까지는 머리를 감고 그대로 말리면 아무것도 안 해도 모양이 어느 정도 정리되었다. 워낙 게으른 나에게는 아주 딱 맞는 스타일로, 나는 머리를 만지거나 관리해 본 적이 없다. 그런데 나이가 들면서 머리카락이 얇아진다고는 생각했지만 이 '성질'은 나의 상상을 넘어설 정도다.

머리를 감고 말리기만 하면 '왜 그런 곳에?'라고 말하고 싶을 정도로 옆쪽에 묘한 굴곡이 생긴다. 볼륨이 필요한 정수리 부분은 완전히 납작하게 눌리는데 옆쪽 머리는 붕 뜨는 것이다. 거기에다 이 굴곡의 반대쪽, 그러니까 얼굴에 가까운 부분은 안쪽으로 말리지 않고 바깥쪽으로 말린다. 다른 부분의 머리끝은 안쪽으로 말리는데 왜 부분적으로만 이렇게 되는지 이해가 되지 않았다. 젊었을 때는 이런 조짐이 전혀 보이지 않았는데 나이가 들면서 이렇게 되었다.

이런 머리카락의 성질 때문에 원하는 대로 머리가 정리되지 않는다. 거울 앞에서 도대체 왜 이런 건지 한 손으로 빗을 들고 이쪽저쪽으로 머리를 빗어 봤다. 지금까지 써 본 적 없는 헤어스타일링 제품도 사용해 봤지만 익숙하지 않아서 그런지 머리를 만지면 만질수록 정수리 부분은 더욱 납작해져 이상한 헤어스타일이 되어 갔다.

샴푸를 바꾸면 괜찮아지지 않을까 하는 생각에 유기농 샴푸를 찾아봤더니 종류가 꽤 많았다. 샴푸에 따라 머리를 감은 후의 느낌이 다르다는 사실은 알고 있었지만, 결국 내가 원하는 느낌에 가장 가까운 것이 저렴한 고체 비누라는 사실을 알았을 때는 조금 슬펐다.

모근 안에 새겨진 모발 정보는 태어날 때부터 정해진 것일까? 백발이 되거나 머리가 빠지는 것은 이해가 되지만 지금까지 없었던 머리카락의 성질이 나타나는 것은 이해가 잘 되지 않는다. 왜 이런 성가신 변화가 찾아오는 걸까? 나에게는 이것이 알 수 없는 인체의 신비 중 하나이다.

아이의 얼굴 성형에 대해 부모들이 무슨 생각을 하는 건지 어이가 없었다. 가치관이 다른 어른, 부모가 늘어나고 있어서 그런 걸까?

아이가 원한다면
다 들어줘야 할까

예전에는 어른과 아이가 해도 되는 일에 대한 명확한 기준이 있었지만 지금은 그 선이 애매해졌다. 나의 어린 시절과는 비교가 어렵지만 '부모가 왜 아이에게 저 정도로 다 해 주는 걸까?' 하고 놀라는 일이 많다.

아이들에게 자신의 꿈을 투영하는 부모로서는 당연한 것일지 모르겠지만 센스가 좋지 않은 어른이 되기 싫어서, 또 아이가 예쁘게 꾸미는 것을 좋아하니까 부모가 한 달에 아이용 옷(아이용 화장품 포함)에 5만 엔이나 쓴다는 이야기를 들으니 정말 어이가 없었다. 아이 옷값이 아빠 옷값의 몇 배나 더 드는 것이다.

이 이야기를 지인에게 했더니 그 지인의 대학생 딸이 지금으로부터 7, 8년 전에 사립중학교에 다닐 때 '방학이 끝나면 얼굴이 바뀌어서 오는 친구'들이 있었다고 한다. 방학이 끝날 때마다 학교에 가면 '어, 얼굴이 다른데?' 하고 고개를 갸웃거리게 만드는 친구가 학년에 한두 명씩 있었다고 한다. 순진한 친구가 "얼굴이 달라졌어." 하고 지적하면 본인은 "아니야. 헤어스타일이 달라져서 그런 거야." 하고 웃었지만 확실히 쌍꺼풀이 생기거나 코가 높아졌다고 한다.

부모들이 그렇게 하도록 내버려 두는 것이 안타까워 한숨을 쉬는 내게 지인은 이런 말을 들려 줬다.

"연예기획사의 오디션 있잖아. 그것 때문이지."

연예계에 관심이 있는 여자아이들은 오디션에 합격하기 위해 미리 얼굴을 조금씩 다듬는다는 것이다.

"그렇게까지 했는데 합격했을까?"

"아니, 모두 떨어졌나 봐."

지인은 머리를 좌우로 흔들었다. 어른은 차치하고 자라는 아이의 얼굴 성형에 대해 부모들이 무슨 생각을 하는 건지 어이가 없었다. 가치관이 다른 어른, 부모가 늘어나고 있어서 그런 걸까?

바로 얼마 전에도 TV를 보다가 깜짝 놀란 일이 있었다. 아이용 제모살롱이라는 것이 있다는 것이다. 게스트로 나온 초등학교 저학년 여자 아역배우가 제모살롱의 존재에 대해서 알고 있고 학교 친구들과 제모살롱에 가 보고 싶다고 말했다. 사회를 보던 중년 남성이 깜짝 놀라서 어디 제모를 하려고 하냐고 물었더니 등에 난 털이라고 대답했다.

"그건 솜털이잖아요."

사회자가 안타까운 듯이 말했다. 2차 성징조차 나타나지 않은 아이에게는 제모할 털도 없을 텐데 정말 무서운 세상이 되었다고 생각했다. 그리고 아이의 말을 듣고 시술을 시켰을 부모들에 대해 다시 화가 치밀어 올랐다.

예쁜 사진을 남기고 싶은 마음은
알겠지만 불필요한 부분을 사진
에서 간단하게 지울 수 있는 기능
이 개발된 것은 조금 무섭다.

있는 그대로가 좋다

얼마 전에 친구가 새로 산 태블릿PC를 보여 줬다. 태블릿 PC로 보는 영상은 정말 예뻤다. 내가 쓰는 오래된 컴퓨터보다 화면이 훨씬 깨끗하고 음질도 내 컴퓨터와는 비교가 안 될 정도로 근사해서 태블릿PC가 얼마나 성능이 뛰어난지 알게 되었다.

그 다음 날, TV를 켰더니 태블릿PC 사용법에 대한 방송이 나오고 있었다. 앱을 사용한 기능들을 소개했는데 가장 놀라운 것은 촬영한 사진에서 불필요한 부분을 지우는 기능이었다. 사진을 촬영하면 불필요한 것이 같이 찍히는 경우가 있다. 이때 지우고 싶은 부분을 화면 위에서 손가락으로 범위를 지정하면 그 부분이 지워지는 것이다. 배경은 그대로 남는다.

나는 소스라치게 놀랐다. 불필요한 부분을 지정해서 전부

지워 버리는 건 상상이 되지만 배경은 그대로 남길 수 있다니 도대체 어떤 시스템으로 움직이는 것일까? 내 머리로는 전혀 이해가 되지 않지만 현실에서 일어나고 있는 일이었다.

그 앱의 기능에 대해서 찾아봤더니 사진에 찍힌 사람도 지울 수 있다고 한다. 그렇다면 얼마든지 가짜 사진을 만들 수 있지 않을까? 연예인의 밀회 사진도 사실은 매니저나 친구도 같이 있었지만 불필요한 인물을 잘라 내고 마치 둘만 만난 것처럼 만든다는 이야기를 들은 적이 있는데 태블릿PC의 그 앱을 사용하면 화면에서 다른 사람들을 지울 수 있는 것이다.

나는 사진이 찍히면 영혼이 빠져나간다고 하던 시대에 태어난 것은 아니지만 인물이나 동물이 찍힌 사진은 아무렇게나 다루지 않는다. 벽에 붙일 때도 얼굴이나 몸을 핀으로 찌르지 않도록 조심한다.

여러 명이서 사이좋게 웃으며 사진을 찍었는데 나중에 나만 지워진 걸 본다면 분명 충격일 것이다. 예쁜 사진을 남기고 싶은 마음은 알겠지만 불필요한 부분을 사진에서 간단하게 지울 수 있는 기능이 개발된 것은 조금 무섭다. 그 정도로 사진에서 지우고 싶은 것이 있는 걸까?

지인에게 들은 이야기로는 스마트폰 카메라에는 피부를 좋게 만드는 기능, 디지털 카메라에는 작은 얼굴로 만드는 기능이 있다고 한다. 인터넷에서 사진을 보고 예쁘다고 생각했는데 사실은 그런 기능을 사용한 것으로 실제로 만나면 "누구?" 하고 고개를 갸웃거리는 일도 종종 있다고 한다.

젊은 사람이 얼마만큼 얼굴이 작아지는지 검증해 본 사진도 본 적이 있는데, 몸은 보통인데 머리만 성냥 머리만큼 작아진 걸 보고 웃을 수밖에 없었다. 이 세상에는 지우거나 미화해서 이리저리 가공하는 사람이 많은 모양이다. 한때 있는 그대로 어쩌고저쩌고하는 노래가 유행한 적도 있지만 현실에서는 있는 그대로가 좋다고 생각하지 않는다는 사실을 알게 되었다.

아이를 데리러 온 5명의 엄마 중
에 셋이 타투를 한 것이다. 일상생
활을 하는 주택가에서, 그것도 엄
마들의 타투를 본 것은 꽤 충격적
이었다.

타투를 한 엄마들

우리 집 근처에는 어린이집이 있어서 오후가 되면 젊은 엄마들이 하나둘 아이를 데리러 온다. 시간대가 조금 일러서 풀타임으로 근무하는 회사에서 퇴근하면서 직접 어린이집으로 데리러 오는 것은 아닌 것 같았다. 더운 날씨였기 때문에 네크라인이 넓은 옷이나 프렌치슬리브를 입은 엄마들의 옷 안쪽으로 타투가 보였다.

한 엄마는 뒷목 아래쪽에 손바닥만한 크기의 큰 나비 타투가 있었다. 다른 한 엄마는 오른쪽 어깨에 3센티미터 정도의 제비꽃 타투를, 또 다른 엄마는 왼쪽 쇄골 아래에 연꽃 타투를 하고 있었다. 아이를 데리러 온 5명의 엄마 중에 셋이 타투를 한 것이다. 60퍼센트라는 확률에 나는 깜짝 놀랐다.

내가 우연히 그곳의 30명 정도 되는 엄마 가운데 타투를 한 사람을 전부 본 것일 수도 있지만 그래도 많다는 느낌이 들었다. 해수욕장이라면 여기저기서 타투를 한 사람을 볼 수 있겠지만 일상생활을 하는 주택가에서, 그것도 엄마들의 타투를 본 것은 꽤 충격적이었다.

나보다 윗세대에게는 타투에 대한 인상이 좋지 않은 편이다. 젊은 사람들에게는 액세서리 정도로 여겨지지만 나이 든 사람이 보기에는 이해하기 어려운 부분이 있다. 40여 년 전 내가 스무 살에 귀를 뚫었을 때 엄마는 아무 말도 하지 않았지만 아는 아주머니에게 엄청 혼이 났다.

"부모에게 물려받은 소중한 몸에 무슨 짓을 한 거니?"

그렇게 작은 구멍을 뚫는데도 그런 말을 들었는데 만약 타투를 했다면 엄청난 소란이 일어났을 것이다.

결혼 전에 타투를 한 젊은 여성이 결혼을 하고 엄마가 된다. 그렇기 때문에 타투를 한 엄마가 있는 건 이상한 일이 아니다. 나는 타투에 대해서 편견이 없고 부모가 타투를 한다고 해서 아이에 대한 애정이 변하는 것도 아니다. 그런데 최근에는 타투를 하면 온천이나 공공 수영장에서 입장을 거절하기도 한다는데 아이들과 함께 놀러 갈 때 문제는 없을까?

타투를 한 엄마는 당연히 할머니가 될 것이다. 그러니 40~50년 후에는 타투를 한 할머니를 여기저기서 만나게 될지도 모른다. 그때도 피부의 탄력이 사라진 몸 위에서 제비꽃이 제비꽃으로 보일지 조금 궁금해졌다.

그 여성이 모습을 드러내는 순간 주변 분위기가 확 바뀌면서 투명한 기운이 느껴졌다. 나는 오랜만에 깜짝 놀랄 정도의 미인을 보고 한동안 굉장히 행복한 기분이 들었다.

진짜 미인이 보고 싶다

최근에는 배우나 탤런트 중에서도 눈이 번쩍 뜨일 만큼 예쁜 미인을 보기 힘들어졌다. 예전의 미인은 정말 예뻐서 아이였던 나도 잡지에 실린 사진을 구멍이 뚫어져라 멍하게 보곤 했다. 그런 사람이 되고 싶다고 생각한 것은 아니었고, 그저 우러러보는 존재였다. 동네에도 미인이라는 말을 듣는 언니들이 있었지만 당시의 여배우는 동네 단위가 아니라 도 또는 현에서 한두 명 나올까 말까 할 정도의 미인이었다.

TV 전성시대가 되면서 미인보다는 친숙한 느낌의 귀여운 배우가 많이 등장했다. 최근에는 자세히 보지 않으면 한순간 미인이라고 느낄 정도로 속기도 한다. 얼굴을 거의 다 성형했거나 자세히 보면 화장법이 훌륭한 경우이다. 속눈썹을 떼고 화장을 지운 모습을 상상해 보면 '어? 아닌가?' 하고 실망하기도 한다.

　나는 인공적인 수술이나 다양한 화장법을 사용해서 만들어진 미인이 아니라 진짜 미인이 보고 싶었다. 그런데 최근에 우연히 간 곳에서 내가 보고 싶었던, 눈이 번쩍 뜨이는 미인을 만났다. 장소는 한 음식점으로 고령의 음식점 주인 손자의 아내였다. 며느리도 현역으로 일하고 있었으니 그 여성은 안주인 수습사원 정도의 위치일 것이다.

　30대 후반에서 40대 초반 정도의 그 여성이 모습을 드러낸 순간 주변 분위기가 확 바뀌면서 투명한 기운이 느껴졌다. 아주 놀라운 일이었다. 그 여성 주변에는 10여 명의 사람이 있었는데 다른 사람들의 존재는 지워질 정도로 혼자 눈에 띄었다. 나도 모르는 사이에 '우와' 하고 소리를 낼 뻔했지만 꾹 참았다.

　내가 생각하는 미인은 내면까지 예쁜 미인이다. 60년 이상 살아 보면 외모가 예뻐도 성격이 나쁜 사람은 후각이 바로 알아채기 때문에 그런 사람은 내 기준에서 미인 탈락이다. 내면이 충실해야 진짜 미인인 것이다.

　내 눈에 들어온 그 미인은 그 부분도 훌륭했다. 화장이 연한데도 눈은 촉촉하면서 뚜렷하게 크고 코와 입도 아주 훌륭했다. 요즘 인기 있는 뚜렷한 얼굴의 미인이 아니라 자연스럽고 조용한 분위기의 미인이라는 점도 마음에 들었다.

오랜만에 미인을 보고 기분이 좋아진 나는 가게 밖으로 나와 동행한 여자 후배에게 물어봤다.

"저분, 진짜 예쁘지 않아?"

그랬더니 후배도 동의했다.

"저도 깜짝 놀랐어요."

우리 둘은 왠지 모르게 웃고 있었다. 남성뿐만 아니라 동성도 느낌이 좋은 미인은 좋아하기 마련이다.

주워들은 이야기에 따르면 그 미인의 본가는 유명한 오래된 료칸으로 집안 여성이 모두 미인이라고 한다. 집안 대대로 '아름다움'의 DNA가 이어져 내려와 수많은 미인을 배출하는 것이다. 나는 오랜만에 깜짝 놀랄 정도의 미인을 보고 한동안 굉장히 행복한 기분이 들었다.

기모노를 입은 상태에서 양장을
입어 보는 사람은 없을 것이다. 그
직원은 기계적으로 바지를 입어
보라고 말하는 것이 습관이 되었
다고밖에 생각할 수 없었다.

깊게 생각하지 않고
습관대로 한다

얼마 전에 기모노를 입고 도심으로 외출을 했다. 약속 시간보다 조금 일찍 도착해서 역 근처 오래된 쇼핑몰에서 시간을 보내려고 안으로 들어갔다. 위층부터 한 층씩 에스컬레이터를 타고 내려오면서 돌아봤는데 평일 오전이라서 그런지 나를 제외하고 다른 손님은 없었다. 건물 앞 대로에는 외국인 관광객도 많았는데 아무래도 이 건물은 관광코스에 들어 있지 않은 모양이었다.

'이렇게 한산해서야 돈을 벌 수 있나?'

쓸데없는 걱정을 하며 걷고 있었더니 에스컬레이터 옆 의류 매장에 서 있던 나와 비슷한 나이의 여성 직원이 생글생글 웃으며 나에게 말을 걸어왔다.

"바지 한번 입어 보시겠어요?"

"네?"

놀라서 쳐다보니 그 직원은 활짝 웃으며 다시 말했다.

"바지 한번 입어 보세요."

그 매장의 쇼윈도에는 실루엣이 예쁜 바지가 많아 보였지만 내가 입으면 누가 봐도 에도성 안에서나 입던 옷이 되어버릴, 밑아래 길이가 긴 바지가 쭉 진열되어 있었다. 나는 체형적으로도 그런 옷을 입는 것이 불가능한 데다가 기모노까지 입고 있었다. 물론 발에는 조리를 신고 있었다. 아마도 엄청나게 무리를 하면 입어 볼 수 있겠지만 기모노를 입은 상태에서 양장을 입어 보는 사람은 거의 없을 것이다.

나는 작은 목소리로 "괜찮아요." 하고 거절하고 그 자리를 떠났지만 그 직원이 왜 한번 입어 보라고 권했는지 그 이유가 궁금했다. 누구라도 좋으니 말을 걸면 사람 수에 따라 월급이 100엔씩 올라가는 것인지, 기모노를 입은 사람이 쉽게 옷을 입어 볼 수 있는 기술을 그 사람이 가지고 있는 것인지….

이런저런 생각을 해 봤지만 그 직원은 깊게 생각하지 않고 매장 앞을 지나는 사람 전원에게 기계적으로 바지를 입어 보라고 말하는 것이 습관이 되었다고밖에 생각할 수 없었다. 오랜 시간 해 오다 보니 상대방이 양장을 입었든, 기모노를 입었든 그런 것은 상관이 없는 것이다. 그냥 사람이 오면 같은 말을 반복할 뿐이다.

패스트푸드 음식점 등에서는 직원이 회사 매뉴얼에 따라 고객이 누구든 같은 말로 같은 대응을 반복하는 일이 흔하지만 상황에 따라 다르게 대처하지 않으면 마치 옛날 로봇과 이야기하는 것 같은 기분이 든다. 최신 로봇은 이미 진화하여 상황에 따라 대응하는 사양이 갖춰졌기 때문에 이대로 가다가는 로봇보다 못하다는 이야기를 듣게 될 것이다. 나는 상냥한 그 직원의 웃는 얼굴을 떠올리며 복잡한 마음이 들었다.

밖에 나가면 나보다 나이가 많은 사람들의 행동을 관찰하곤 한다. 눈에 띄는 반면교사의 예는 아주 많지만 안타깝게도 나도 그렇게 되고 싶다고 생각하는 경우는 드물다.

나이 들어도
저렇게는 하지 말아야지

얼마 전에 옷을 고치는 데 필요한 면 테이프를 사기 위해 쇼핑센터 안에 있는 의류도 취급하는 수예품점에 갔다. 구석에 있던 제품을 찾아서 계산대로 가니 그 근처에 70대 후반으로 보이는 여성이 2명 서 있었다.

계산대 위에는 회색 바탕에 분홍색 체크무늬, 크림색 바탕에 분홍색·보라색 꽃무늬, 이렇게 2장의 파자마가 놓여 있었다. 한 사람이 계산대에서 두 제품을 비교하며 어느 것이 더 좋을지 고민하고 있었다. 젊은 여성 직원은 아주 친절하게 크림색 쪽을 가리키며 말했다.

"이쪽이 더 잘 어울리시는 것 같아요."

그러자 그 사람은 "그러네, 그러네. 이건 어떨까?" 하며 근처 옷걸이에 걸려 있는 새로운 파자마를 가져와서 또 계산대

위에 놓았다. 내 쪽도 힐끗 봤기 때문에 기다리는 사람이 있다는 사실은 알았을 것이다.

길어질 것 같다고 생각하면서 나는 눈앞의 광경을 지켜봤다. 그러자 다른 한 사람이 삼베 재질의 가방을 계산대 위에 두며 말했다.

"나는 이걸로 할래."

그리고 고민하는 친구에게 크림색을 추천하며 말했다.

"역시 이쪽이 더 잘 어울려."

그러자 파자마를 고르던 사람이 지갑을 열며 말했다.

"그러네. 역시 이걸로 해야겠지? 응. 이걸로 해야지."

그런데 4,860엔이라는 말을 듣고 직원에게 이렇게 말하는 것이 아닌가.

"우리가 사서 다행이죠? 도움이 됐죠?"

직원은 감사하다고 말하고 웃었다. 그러자 가방을 골랐던 사람이 삼베로 된 모자를 덥석 쥐더니 계산대로 집어던지며 말했다.

"가방 말고 이걸로 할래."

물건을 너무 험하게 다루는 것 같아서 신경이 쓰였다. 두 사람이 이렇게 하는 동안에도 직원은 생글생글 웃고 있었다. 겨우 계산이 끝나자 이제는 생색을 냈다.

"이런 가게에서 싼 것만 사면 싫죠? 우리처럼 많이 사면 고맙죠?"

"감사합니다."

직원이 머리를 숙여 인사하는 것이 정말 대단해 보였다.

나는 앞으로 나이가 더 들게 될 것이라 밖에 나가면 나보다 나이가 더 많은 사람들의 행동을 관찰하곤 한다. 눈에 띄는 반면교사의 예는 아주 많지만 안타깝게도 나도 그렇게 되고 싶다고 생각하는 경우는 드물다. 하지만 어느 쪽이든 곧 고령자가 될 사람으로서 배울 점이 많다는 것은 사실이다.

두 사람이 떠난 후 직원은 오래 기다린 나에게 정중하게 사과했다. 나는 복잡한 마음이 든 채로 손에 쥐고 있어서 습기가 찬 면 테이프와 216엔을 조용히 건넸다.

우리 모두 어린 시절에는 인구밀도가 낮은 지역에서 자랐다 하더라도 어느 정도는 주위에 폐를 끼쳤다. 사회에서 함께 살면서 어른이 조금 더 마음의 여유를 가지면 좋겠다.

조금 더 너그러웠으면…

최근에 어린이집에 관한 뉴스를 자주 듣게 된다. 어린이집에 들어가려고 대기 중인 '대기 아동'이 전혀 줄지 않는다든가, 어린이집을 지으려고 해도 주민들이 반대를 한다든가 하는 등 대기 아동 문제 개선과는 아주 먼 내용뿐이었다.

내가 사는 곳 근처에는 어린이집이 세 곳 있다. 큰 간선도로변에 하나, 일방통행으로 교통량이 많은 좁은 도로변에 하나, 그리고 철로 고가 아래에 하나 있다. 일방통행으로 교통량이 많은 도로변에 어린이집이 생겼을 때는 왜 이렇게 위험한 곳에 어린이집을 만든 건지 이해가 되지 않았는데 이런 곳이 아니면 어린이집이 들어올 수 없다는 사실을 깨달았다.

조용하고 환경도 좋은 주택가라면 주민들의 반대가 있었을지도 모른다. 그곳은 50미터 정도 걸어가면 작은 공원이 있기 때문에 날씨가 좋은 날에는 아이들이 그곳에서 놀기도 한다. 교통량이 많아도 다행히 아이들이 교통사고를 당했다는 이야기는 들어 본 적이 없고 아이들을 데리러 온 부모들이 도로에서 끝도 없이 이야기를 나누는 모습도 본 적이 없다.

간선도로변이나 철로 고가 아래에서는 아이들이 큰 소리를 내도 민원을 제기하는 사람이 없다. 일방통행 도로변에 있는 어린이집도 의료 관련 회사가 있는 건물 1층에 위치하여 거주하는 사람은 없다. 창문을 열지 않는 한 아이들의 목소리가 들리지 않도록 방음 대책도 확실히 마련한 것 같았다.

그런데 예전에는 보육교사가 10명 정도 되는 아이를 데리고 주변을 산책하면서 같이 노래도 불렀는데 어느 순간부터 노랫소리가 들리지 않았다. 아이들은 노래를 부르며 걷는 것이 더 즐거울 테니 자발적으로 어린이집 측에서 그만 두었다고는 생각하기 어렵다.

아마도 아이들이 근처 주택가 골목길도 산책하기 때문에 시끄럽다고 항의가 들어와서 그만둘 수밖에 없었을 것이다. 아이들의 목소리가 큰 것은 사실이지만 집 앞에서 계속 노래를 부르는 것도 아니고 겨우 하루에 몇 분 정도를 참지 못하느냐고 항의를 한 사람들에게 말하고 싶어졌다.

나는 아이와 고양이가 같이 있으면 고양이에게는 말을 걸지만 아이에게는 그쪽에서 먼저 말하지 않는 한 말을 걸지 않는다. 아이를 좋아하는지 싫어하는지 묻는다면 싫어하는 쪽이다. 아기를 보면 귀엽지만 안고 싶다는 생각은 들지 않고 아이들에게도 적극적으로 다가가고 싶은 마음은 없다.

젊었을 때는 더 싫어했던 것 같다. 그래서 아이들의 목소리가 시끄럽다고 느끼는 사람의 마음도 이해한다. 그 높고 새된 목소리를 들으면 머리가 아픈 것도 안다. 하지만 모든 것을 완강히 배제하면서 자신의 환경을 지키려는 것은 좀 아닌 것 같다는 생각이 든다.

어린이집 시설은 자신의 호불호로 판단할 것이 아니다. 우리 모두 어린 시절에는 인구밀도가 낮은 지역에서 자랐다 하더라도 어느 정도는 주위에 폐를 끼쳤을 것이다. 사회에서 함께 살면서 어른이 조금 더 마음의 여유를 가지면 좋겠다.

짧은 다리를 가진 사람의 가슴을
콕 찌르는 사태가 나에게도 일어
난 것이다. 스커트라면 8센티미터
정도 길이를 줄여도 괜찮지만 바
지 종류는 다리가 짧다는 것이 드
러나 부끄럽다.

다리가 짧아서…

나는 키가 작아서 옷을 구입하면 항상 어딘가는 고쳐야 한다. 얼마 전에 치마바지를 구입했다. 길이가 긴 스커트도 나쁘지는 않지만 외출하는 장소에 따라서는 상상 이상으로 빌딩바람이나 지하철역 바람이 세기 때문에 외출할 때는 바지를 입고 다녔다.

하지만 바지를 입으면 너무 캐주얼해 보이는 경우가 있다. 치마바지는 부드러운 소재로 강풍에도 절대 날려서 뒤집히지 않고, 활동적이면서 여성스럽기도 해서 통신판매로 사이즈를 확인하고 구입했다.

집에서 입어 보니 길이가 복사뼈까지 왔다. 기장이 길다는 사실은 알고 있었다. 수선하지 않고 그대로 입는 사람도 있겠지만 나에게는 길다고 느껴져 8센티미터 정도 줄이려고 항상

이용하는 수선집에 가지고 갔다.

그곳에는 아시아계 외국인 직원들이 일을 하고 있는데 아주 꼼꼼하게 잘한다. 8센티미터 정도 길이를 줄이려 한다고 말하니 처음 보는 외국인 직원이 "8센티미터? 후후!" 하고 웃었다.

나는 그 '후후'에 순간적으로 화가 났다. 이 정도면 딱 좋을 것 같은데 8센티미터나 줄이다니 어지간히 다리가 짧다고 생각하는 것이라고 삐딱하게 생각한 것이다. 그 직원은 그런 생각 없이 그저 친근한 마음의 표현이었을지도 모른다.

그때 나와 마찬가지로 다리가 짧은 한 남성의 체험담이 떠올랐다. 정장을 맞춰 놓고 찾으러 매장에 갔는데 여성 직원이 확인을 위해 바지의 밑아래 길이를 줄자로 재더니 얼굴색이 싹 바뀌었다는 것이다.

"다시 한 번 재겠습니다."

그리고 몇 번이나 줄자로 길이를 재더니 납득이 되지 않는다는 얼굴로 전표를 몇 번이나 다시 확인한 후에 "오래 기다리셨습니다." 하고 상자에 조심스럽게 옷을 넣어 건네 줬다.

"밑아래 길이가 너무 짧아서 길이를 잘못 쟀다고 생각한 것 같아요. 집에 와서 입어 보니 딱 맞더라고요."

나의 동지는 쓴웃음을 지었다. 나도 그 말을 듣고 "하하하!" 하고 웃었는데 짧은 다리를 가진 사람의 가슴을 콕 찌르는 사태가 나에게도 일어난 것이다. 스커트라면 8센티미터 정도 길이를 줄여도 괜찮지만 바지 종류는 다리가 짧다는 것이 드러나 부끄럽다.

나흘 후에 수선이 끝났다. 굉장히 깔끔하게 수선이 되어서 만족하며 치마바지를 입고 있지만 입을 때마다 그 '후후'의 의미가 무엇이었는지 신경이 쓰인다.

'아래에서 올려다보는 시선'으로
말을 하지 않아 화가 난 것이다.
자신에 대해 뭐라고 하는 것이 싫
은 것이다.

자기반성이 필요하다

최근 몇 년간 '위에서 내려다보는 시선'이라는 말을 자주 듣게 되었다. 나는 이 말이 친구, 동료, 후배 등 당사자의 입장에서 볼 때 동등하거나 아래인 사람에게 자신을 가르치려는 듯한 말을 들었을 때 사용하는 것이라고 생각했는데, 최근 '이게 아닌가?' 하는 생각이 드는 이야기를 들었다.

아이가 초등학교에 다니는 지인이 "진짜 너무 열받아요." 하고 화를 내기에 왜 그러냐고 물었더니 시아버지가 식생활에 참견을 한다고 했다. 지인 남편의 본가는 전철로 20분 정도 거리에 있는데 시부모님이 첫 손주인 아이를 보고 싶어 해서 매주 주말은 남편의 본가에서 보낸다고 했다.

하루는 시부모님과 함께 시어머니가 직접 만든 점심을 먹고 있는데 시아버지가 며느리인 지인에게 물었다.

"요즘에는 어떤 걸 먹니?"

아이가 패밀리 레스토랑을 좋아해서 1주일에 서너 번은 그곳에서 식사를 한다고 말했다. 그러자 시아버지가 화를 내며 말했다.

"왜 집에서 음식을 만들지 않니? 아이에게 외식하는 습관을 들이면 안 돼. 엄마가 집에 있으니까 제대로 밥을 해서 먹여야지."

시아버지는 오랫동안 요리를 했던 사람이라 먹는 것에 대해 굉장히 까다롭다. 손주가 아기였을 때는 아무 말도 하지 않았지만 성장하면서 '뭘 만들어서 먹이는지'를 집요하게 묻는다고 했다.

할아버지로서 손주의 식생활이 궁금하기도 하겠지만 요리를 담당하는 지인으로서는 굉장히 쓸데없는 참견 같다고 했다. 시아버지는 손주를 아끼는 마음에 하는 말이겠지만 지인의 입장에서 생각하면 음식을 만드는 게 귀찮은 날은 외식이 편할 것이다.

시아버지는 지인과 만날 때마다 1주일 동안의 식사 내용을 체크한다고 했다. 지인은 말했다.

"'위에서 내려다보는 시선'으로 말하니까 진짜 화가 났어요."

그 말에 나는 이렇게 말했다.

"시아버지는 너보다 훨씬 나이가 많으니까 신경 써서 충고해 주는 거잖아."

하지만 그녀는 얼굴을 찡그리며 말했다.

"너무 잘난 척하잖아요."

지인이 불쾌한 것에 대해서는 마음이 좋지 않았지만 나로서는 연상인 사람, 그것도 시아버지가 잘난 척하는 것에 대해서는 어쩔 수 없다는 생각이 들었다. 그녀는 그렇지 않았지만 말이다. 시아버지의 발언에 일방적으로 혼이 났다는 생각을 할 수도 있지만 그것은 '위에서 내려다보는 시선'과는 다른 것으로 보였다.

지인은 며느리에게 시아버지가 '아래에서 올려다보는 시선'으로 말하지 않아 화가 난 것이었다. 일단 마음을 가라앉히고 조금이라도 스스로 반성하려는 마음도 없었다. 지인은 자신에 대해 뭐라고 하는 것이 싫은 것이었다. 나는 둘 다 똑같다고 생각하면서 '잘 좀 하지.'라고 마음속으로 중얼거렸다.

영어를 거의 하지 못해도 3개월 동안 해외에서 즐겁게 지내다가 돌아왔다. 어학 실력은 없었지만 외국인 앞에서 부끄러워하지 않고 제스처로 말을 하는 배짱은 있었다.

어학 능력보다는
커뮤니케이션 능력

2020년에 도쿄올림픽, 패럴림픽이 열려서 그런 건지 아이들의 영어 교육이 활발하게 이루어지는 듯하다. 나는 40여 년 전에 정말 간단한 말밖에 하지 못하고 상대방의 말은 겨우 이해할 정도의 영어 실력으로 미국 뉴저지주에서 3개월 정도 머물렀다.

현지 사람과의 커뮤니케이션은 대부분 제스처에 의존했다. 어느 날 숙박을 하던 호텔 주인에게 "좋아하는 과자는 뭐야?"라는 질문을 받고 당당하게 "슈크림." 하고 대답했는데 주인이 박장대소를 하며 알려 주었다.

"당신이 말한 그 과자는 여기서 말하는 크림 퍼프(cream puff)인 것 같은데, 슈크림이라고 말하면 말 그대로 신발 크림이라는 의미가 돼."

일본에서 당연하게 사용하던 '슈크림'이라는 말이 영어권에서는 다른 의미가 된다는 사실을 처음 알게 되었다. 그 정도로 심각한 상태였지만 귀는 영어에 조금 익숙해졌는지 귀국한 후에는 이전보다 영어를 더 잘하게 되었다는 생각이 들었다. 이는 당연히 착각으로 지금은 영어를 거의 포기한 상태이다.

예전에 성적이 아주 좋은 학생들이 가는 대학을 졸업한 젊은 남녀 편집자와 함께 해외에 취재를 간 적이 있다. 여성은 영어를 잘해서 즐겁게 지내는 것 같았지만 남성이 문제였다. 호텔 근처에 해변이 있어서 호텔 앞에서 이야기를 나누었다.

"해변에 갈 거니까 거기서 신을 신발을 사는 게 좋겠어요."

그런데 남성은 고개를 끄덕인 후에도 계속 머뭇거렸다.

왜 그러냐고 물었더니 이렇게 대답했다.

"어디서 뭘 사야 할지 모르겠어요."

나는 놀라며 말했다.

"바로 앞에 가게가 많으니까 거기서 마린슈즈나 워터슈즈를 사면 되지 않을까요?"

그러자 남성은 마린슈즈를 파는 가게로 들어갔다. 그리고 잠시 후에 "샀어요." 하며 즐거운 표정으로 돌아왔다. 나는 절대로 풀 수 없을 것 같은 어려운 영어 문제를 풀어서 대학에 입학했으면서 왜 외국에서 구두 한 켤레도 못 사는 것인지 의아했다.

영어를 거의 하지 못해도 나는 3개월 동안 해외에서 생활하다가 귀국했다. 특별한 일 없는 일상을 보내고 돌아왔지만 즐겁게 지내다가 무사히 돌아왔으니 그걸로 충분했다. 나에게는 어학 실력은 없었지만 모르는 외국인 앞에서 부끄러워하지 않고 제스처로 말을 하는 배짱은 있었다.

영어를 어느 정도 할 수 있는 사람은 완벽한 영어를 구사하지 못하면 부끄럽다고 생각한다. 그 점에서는 원래 영어를 하지 못하면 그런 높은 수준의 부끄러움 같은 건 없기 때문에 그저 상대방에게 말을 전하려고만 생각한다. 어린 시절부터 영어를 배우게 해서 그 결과로 영어를 할 수 있게 된다면 못하는 것보다는 좋겠지만 기본적으로는 당사자의 커뮤니케이션 능력의 문제라는 사실을 실제 체험을 통해 알게 되었다.

장수하는 사람은 무엇을 해도 수명에는 영향을 받지 않고 태어날 때부터 장수 DNA를 가지고 있는 것이 아닐까?

장수는
선택받은 사람만 가능한 것

  나의 고우타(역주: 샤미센에 맞추어 부르는 짧은 속요에서 파생된 속요) 선생님은 올해 아흔세 살이지만 여전히 현역으로 후진 양성에 힘쓰고 있다. 선생님은 이른바 상식이라고 하는 것과 정반대의 행동을 하는데도 나쁜 영향을 전혀 받지 않았다.

  선생님의 피부는 정말 깨끗하고 매끈매끈하다. 원래 게이샤였기 때문에 아마추어와는 다른 관리법이 있겠지만, 그렇다고 해도 주름도 거의 보이지 않는 아주 복스러운 얼굴을 하고 있다.

  "비결이 뭐예요?"

  "음, 예전에 연회석에서 공연을 할 때는 정해진 화장법이 있었지만 지금은 안 해. 그래도 매일 밤 목욕을 하고 나서 화장은 하지만…"

"네? 자기 전에 화장을 해요?"

나는 고개를 갸우뚱거렸다. 보통은 피부에 부담이 되니까 자기 전에는 화장을 깨끗이 지운다. 그런데 선생님은 밤에 목욕하고 얼굴을 씻고 화장을 하고 잠을 잔다. 그리고 아침에 일어나서 다시 목욕하고 얼굴을 씻고 화장을 하는 것이다.

"계속 그렇게 해서 습관이 되었어."

수십 년 이상 계속 해 왔기 때문에 피부에 좋지 않다면 상당히 심각한 상태가 되었을 것이다. 그런데 선생님의 피부는 그렇지 않다.

지인의 할머니는 장수를 누리고 아흔여덟 살에 돌아가셨는데 직전까지 건강하게 일을 했다. 귤·매실 농가에서 낮에는 몸을 움직여 일을 하고 밤에도 가만히 있는 것이 아니라 매일 가능한 범위 내에서 몸을 움직였다.

할머니는 채소를 싫어해서 거의 먹지 않았다. 좋아하는 음식은 떡과 밥 같은 탄수화물인데, 특히 찻물로 끓인 죽을 좋아해서 주로 먹었다. 거기에다 고기도 지방이 많은 부분을 굉장히 좋아했다.

이것도 지금 흔히 듣는 건강 정보와는 정반대의 식생활이다. 채소는 부족하고 영양도 극단적으로 한쪽으로 치우쳤다. 그런데 아흔여덟 살까지 건강하게 생활했다.

이런 이야기를 들으면 흔히 사람들이 '이게 피부와 몸에 좋아.'라고 하는 수많은 미용, 건강 정보는 도대체 뭔지 궁금해진다. 정반대로 해도 이 두 사람처럼 문제가 없는 사람이 있다. 건강 정보에 따라 술도 담배도 하지 않고 몸에 좋다는 것만 적극적으로 하는데도 장수하지 못하는 사람도 많다.

도대체 왜 이런 것인지 생각을 해 봤는데, 장수하는 사람은 무엇을 해도 수명에는 영향을 받지 않고 태어날 때부터 장수 DNA를 가지고 있는 것이 아닐까? 혹은 잡다한 정보에 휘둘리지 않고 당당하게 자신감을 가지고 자신의 길을 간 것이 정신건강에 좋았는지도 모른다. 어쨌든 장수는 노력해서 되는 것이 아니라 선택받은 사람만 가능하다고 결론을 내렸다.

막 처분했을 때는 꽤 깔끔해졌다
고 생각했는데 다시 익숙해지니
아직 버릴 것이 많다. 이런 것들을
집에서 내보내지 않으면 이도 저
도 아니게 된다.

미니멀 라이프를 꿈꾸지만…

'의식주'라는 말이 있는데, 내가 어렸을 때는 생활에서 중요한 순서가 '식의주'였다. '식'이 가장 중요했던 것은 어린 시절부터 부모님의 유일한 교훈인 "제대로 된 식사를 하면 죽을 때도 얼굴색이 좋다."를 계속 들어 온 탓이다.

부모님은 먹을 것을 살 때도 엄격하게 관리했고 군것질을 할 때도 자신이 꼭 동행해야 했다. 요리를 좋아하는 엄마는 평소의 식사는 물론 과자까지 전부 직접 만들어 줬지만 솔직히 나는 밖에서 파는 과자를 먹고 싶었다.

나는 엄마처럼 요리를 좋아하지도 않고 잘하지도 않지만 내가 원하는 식재료를 먹고 싶다고 생각해서 매일 요리를 하고 있다. 그래서 우선순위가 '식'이 제일 높다는 점은 계속 변하지 않았다. 그런데 예순을 넘기고 나서는 '의'와 '주'의 순서가 바뀌면서 우선순위가 '식주의'가 되었다.

　예전에는 사는 장소에 대해서는 일단 환경적으로 희망하는 조건만 맞으면 건물의 외관도 신경 쓰지 않았고 방이 좁거나 지어진 지 오래된 것이라도 상관없었다. 그것보다는 옷에 관심이 훨씬 많았다.

　재작년 겨울에는 앞으로의 일을 생각해서 아직 체력이 남아 있을 동안 짐을 정리하려고 트럭 1대만큼의 불필요한 물품을 처분했다. 그런데도 아직 물건이 남아 있어 완전히 질린 상태이다. 막 처분했을 때는 꽤 깔끔해졌다고 생각했는데 다시 익숙해지니 아직 버릴 것이 많이 보인다.

　벽장이나 서랍에 처박아 두어 있는 줄도 몰랐던 물건들, 귀찮아서 정리하지 않고 그대로 두었던 대형 폐기물을 처분했는데도 계속 불필요한 물건이 눈에 띄어서 괴롭다. 아직 이런 의식이 있다면 '쓰레기 집'은 되지 않을 거라고 안이하게 생각했지만, 이런 것들을 집에서 내보내지 않으면 이도 저도 아니게 된다.

　'식주의'의 순서대로 가장 처분하기 쉬운 것은 옷이다. 잘 입지 않는 옷을 버린 후 그만큼 다시 사지 않고, 비슷한 디자인이나 색의 옷의 수를 줄였더니 문상 갈 때 입는 옷, 속옷, 양말을 제외하고 1년 동안 입을 옷이 43벌이나 되었다.

나는 출근을 하지 않기 때문에 자주 세탁을 하면 항상 같은 옷을 입어도 되고 옷에 관해서는 이 정도로도 괜찮다고 생각한다. 그리고 다른 것도 아직 더 줄일 수 있을 것 같다.

그런데 물건을 줄이려고 해도 책은 계속 늘어나고 재봉을 하다가 남은 자투리 천, 뜨개질에 필요한 털실 등 취미 관련 물품은 줄이기가 어렵다.

인테리어를 생각해서 보기 좋게 수납할 수 있는 가구를 사려고도 생각했지만, 그것도 역시 큰 물건이 늘어나는 것이 된다. 어쨌든 물건을 줄이는 방향으로 가려고 하는데 마음이 흔들려서 제대로 되지 않는다.

이상적으로 생각하면 넓지 않아도 되니까 간소한 집에서 일을 하고 취미도 즐기면서 산뜻하게 노후를 보내고 싶다. 하지만 현실은 끊임없이 나오는 물건을 선별해서 쓰레기봉투에 버리기에 급급한 하루하루를 보내고 있다.

한 할아버지가 친구의 이름을 부르면서 싱글벙글 웃으며 다가왔다. 자신이 고령자라고 생각했던 그 방에 있던 사람들이 바로 자신의 반 친구들이었던 것이다.

또래 중에서는
자기가 가장 어려 보인다

나보다 나이가 조금 더 많은 친구가 얼마 전 초등학교 동창
회에 갔을 때의 이야기이다. 지난번 동창회가 열린 것은 30년
이나 더 전이었다. 오랜만에 친구들과 만난다는 생각에 신이
난 친구는 기대감에 부풀어 음식점으로 향했다. 그 음식점은
다다미가 깔린 넓은 방이 여러 개 있었는데, 우연히 여러 모
임이 겹쳐서 모든 방에 사람이 북적거렸다.

친구는 음식점의 아르바이트생에게 초등학교 이름을 대면
서 방이 어딘지 물었다. 그런데 그 학생은 어느 방에서 어떤
모임이 있는지 잘 인지하지 못한 듯 아무 곳이나 사람이 많은
방의 문을 열었다.

"여기가 맞나요?"

친구는 방 안을 들여다봤다.

"저는 여기보다는 나이가 조금 더 적은 사람들이 있는 곳에 가야 할 것 같은데, 여기는 조금 연령층이 높은 것 같아요."

친구가 이렇게 말하자 그 안에서 한 할아버지가 친구의 이름을 부르면서 싱글벙글 웃으며 다가왔다. 얼굴을 자세히 보니 반장을 하던 남자아이였다. 자신이 고령자라고 생각했던 그 방에 있던 사람들이 바로 자신의 친구들이었던 것이다.

한 친구는 남편과 함께 차를 타고 외출했다가 도로변에 있는 카페 앞을 청소하던 노령의 남성을 봤다. 그 카페는 중학교 동창생이 하는 곳으로 친구도 자주 놀러 가는 곳이었다. 친구는 그 남성을 보고 '아, 친구 아버지가 아직 건재하시구나. 건강하셔서 다행이다.'라고 생각하다가 갑자기 이상하다는 생각이 들었다고 했다.

중학생 때 그 아버지가 40대 중반이었는데 50년이 지났으니…. 계산해 보니 청소를 하던 그 남성은 친구 아버지보다 나이가 많이 적었다. 친구는 그제야 청소를 하던 남성이 자신과 같은 나이의 동창생이라는 사실을 깨달았다. 친구는 이중으로 충격을 받고 '나는 정말 내 자신을 몰랐구나.' 하고 반성하면서 실망했다고 한다.

어느 연령 이상이 되면 같은 나이인 사람에 비해 자신이 어려 보인다고 생각하기 마련이다. 하지만 상대방도 똑같이 자신이 어려 보인다고 생각할 것이다. 그 생각을 소리 내서 말하면 싸움이 일어난다는 사실을 아주 잘 알고 있기 때문에 누구도 말로 하지 않는다. 그래서 별 문제는 없다.

쇼윈도에 비치는 자신의 새우등을 보고 흠칫 놀라거나 변변찮은 사람이 걸어간다고 생각했는데 자기 자신이었거나 한 경험이 있을 것이다. 모두 자신이 나이가 들었다는 사실은 인정한다. 그래도 같은 나이의 사람들과 비교하면 자기가 더 어려 보인다고 소소한 기쁨을 느끼는 것이다.

가만히 마음속에 담아 두면 아무도 모르는 것이니 그 정도는 괜찮다고 생각한다. 나는 웃으며 친구를 위로했다.

"모두 어느 정도는 그렇게 자기가 괜찮다고 생각하니까 신경 쓰지 마."

그 후로 키는 조금 더 컸다. 하지
만 다리가 자랐으면 좋았으련만
내 경우는 몸통만 중점적으로 자
라서 앉은키에는 변함이 없었다.

앉은키 콤플렉스

이제 초등학교와 중학교의 건강검진에서 앉은키를 재지 않는다고 한다.

'당연하지.'

나는 큰소리로 말하고 싶었다. 더 일찍 폐지되었어야 했다.

나는 앉은키 측정이 너무 싫었다. 초등학교 때는 아무 생각 없이 의자에 앉아서 앉은키를 쟀는데 그때는 기입된 숫자를 봐도 아무렇지도 않았다.

그런데 중학교에 들어가서 그 숫자의 의미를 알게 되었다. 친구들과 결과를 서로 보여 주다가 나는 고개를 갸웃거리며 말했다.

"왜 나보다 키가 10센티미터 더 큰 친구와 내가 앉은키가 같은 걸까?"

그러자 친구가 아무 말도 하지 않고 웃었다. 잠시 생각한 후에 나는 스타일을 중요하게 생각하는 중학생에게 앉은키가 큰 것은 치명적이라는 사실을 깨달았다. 그때부터 앉은키라는 말만 들어도 기분이 나빠졌다.

그 후로 키는 조금 더 컸다. 하지만 다리가 자랐으면 좋았으련만 몸통만 중점적으로 자라서 앉은키에는 변함이 없었다. 남학생은 교복으로 바지를 입으니 다리 길이를 바로 알 수 있지만 여학생은 치마였기 때문에 바로는 알 수 없다.

체육 시간에는 운동복을 입기 때문에 짧은 다리가 바로 드러난다. 나는 그것이 싫어서 아주 부지런히 움직여서 짧은 다리가 눈에 띄지 않도록 노력했다. 하지만 점점 지쳐 갔고 어떻게 해도 다리가 길어지는 것은 아니었기 때문에 포기했다.

성격이 좋은 친구들은 이렇게 위로해 주었다.

"다리가 길면 꼬여서 넘어지기 쉽지만 짧으면 그런 일은 없잖아."

그렇지만 "맞아." 하고 간단하게 납득할 수는 없었다. 스모 선수처럼 다리를 찢어서 상반신을 바닥에 대는 운동을 하면 다리가 길어질까 싶었지만 근육에 경련이 일어나 더 수축되어 오히려 다리가 짧아질까 봐 두려워 그만 뒀다. 건강검진이 싫은 것은 아니었지만 앉은키 측정만은 정말 싫었다.

글을 쓰는 일을 시작한 젊은 시절에는 회의가 끝나고 자리에서 일어났을 때 상대방이 이렇게 말하기도 했다.

"앉아 있을 때는 키가 큰 줄 알았는데 일어나니까 크지 않네요."

이처럼 앉은키가 고민거리였지만 해결 방법은 없었다.

이 이야기를 아는 편집자에게 했더니 웃으며 말했다.

"우리 편집부에는 엄청난 사람이 있으니 안심하세요."

그 사람은 몸통이 너무 길어서 본인도 주체하기 어려운지 항상 몸을 구부리고 다닌다고 했다. 한 번 봤는데 그 말 그대로 몸을 구부려서 걷고 있었다. 아무리 그래도 나는 그 정도로는 하지 않는다.

사회인이 되어서는 앉은키 측정을 하지 않기 때문에 앉은키라는 단어도 잊혀 갔다. 그러다가 얼마 전에 앉은키 측정이 폐지되었다는 사실을 알았다. 앉은키 측정은 콤플렉스를 조장할 뿐 아무런 도움이 되지 않는다. 나는 60년 전에 폐지했어야 했다는 생각을 하면서 새삼스레 화가 나기 시작했다.

매운맛을 좋아하는 사람들은 아
주 위장이 튼튼할지도 모르겠다.
나는 그 사람들이 부러운 것 같기
고 하고, 안 부러운 것 같기도 한
복잡한 마음이 들었다.

매운맛에 대한 도전

이 세상에는 '완전 매운맛'을 좋아하는 사람이 있다. 보통 양념으로는 만족하지 못해서 고춧가루가 들어 있는 병을 들고 다니며 외식할 때 항상 뿌리는 사람도 있다고 한다. 하루에 그 한 병을 다 먹는다는 사람도 있다.

'완전 매운맛'으로 광고를 하는 음식점도 많고 요리를 하는 영상을 보면 새빨간 고추와 고춧가루를 깜짝 놀랄 정도로 많이 넣어 마치 마그마가 고여 있는 것처럼 된 것을 맛있다고 행복하게 먹는 사람도 있다.

젊은 시절에 주위에 '완전 매운맛' 카레를 좋아하는 지인 무리가 있었는데 그들에게 매운맛을 좋아하는 이유를 물었더니 먹을 때는 매워서 힘들지만 습관이 되면 다시 먹고 싶어진다고 했다. 밥과 우동 중 하나를 골라서 카레와 함께 먹는데

밥과 우동을 다 먹지 않으면 벌칙이 있었다.

처음 참가한 남성은 말했다.

"우동을 고른 것이 실패였어요."

우동에 카레를 부으면 국물과 섞여 매운맛이 전체적으로 퍼져서 도망갈 곳이 없다. 밥의 경우에는 카레가 윗부분에만 있기 때문에 도망갈 곳이 있는데 우동을 고른 자신의 선택이 잘못되었다며 후회했다. 나는 그 말에 동의하며 고개를 끄덕였지만 그렇게까지 해서 왜 먹는 것인지 그들의 심리를 이해할 수 없었다.

얼마 전에 지인이 과일·채소가게에서 부트 졸로키아를 팔기에 별 생각 없이 샀다고 한다. 그것은 타바스코보다 200배, 지금까지 가장 매운 고추로 알려진 하바네로 칠리보다 10배 더 맵다고 하는 아주 매운 고추이다. 나는 타바스코조차 거의 사용하지 않기 때문에 그것의 200배라고 하면 어느 정도 매울지 상상도 되지 않았다.

지인은 특별히 매운맛을 좋아하는 것은 아니지만 어느 정도 매운지 궁금해서 한번 카레에 넣어 보려고 했다. 그런데 먼저 어느 정도 매운지 알아보려고 가로로 잘라서 살짝 맛을 봤더니 '꺅' 하고 소리를 지르고 싶을 정도로 매워서, 아주 작은 조각만 넣어도 큰일 날 것 같아서 사용하지 않았다고 한다.

그때 부트 졸로키아에 닿은 손으로 아무 생각 없이 얼굴을 만졌다가 바로 얼굴이 빨개지고 얼얼해졌다고 한다.

"이삼일은 얼굴의 붉은 기가 사라지지 않았어요."

지인의 말을 들으니 아주 상당한 자극이 있었던 모양이다. 직접적이 아니라 간접적으로 닿았는데도 말이다. 얼굴 피부는 바람, 먼지, 자외선 등에 직접 닿는 경우가 많으니 어느 정도 내성이 있을 것 같았는데 그런 피부도 빨갛게 된 것이다.

그런 것을 넣은 음식을 먹는 것은 나에게는 너무 무서운 일이다. 그대로 먹는 것은 아니지만 그 정도로 자극적인 물질이 몸 안에서 점막을 통과한다고 생각하면 매운맛에 약한 나는 상상하는 것만으로도 위가 오그라드는 것 같다.

매운맛을 좋아하는 사람들은 위장이 아주 튼튼할지도 모르겠다. 나는 그 사람들이 부러운 것 같기고 하고, 안 부러운 것 같기도 한 복잡한 마음이 들었다.

어릴 때는 모기에 물리거나 땀띠
가 날 때 가려웠는데 나이가 드니
그런 이유도 없는데 몸이 가렵다.
나이가 들면서 가려움 물질이 몸
에서 배어 나오는 것일까?

나이 들면 가려움이
몸에서 배어 나오는 걸까

어렸을 때 친구 집에 놀러 가면 반드시 어느 집이나 다 있던 것이 바로 효자손이다.

"안녕하세요."

인사를 하고 집에 들어가면 할아버지나 할머니가 효자손을 목 뒤쪽으로 넣어 긁으면서 웃으며 맞아 주셨다.

"어서 와라."

우리 집에도 같이 사는 할머니나 할아버지는 없었지만 효자손은 있었다. TV 옆에 두고 부모님이 사용했다. 나나 남동생은 그것을 장난감으로 사용했는데 사무라이나 닌자 흉내를 내면서 휘두르다가 혼이 나곤 했다.

아이나 젊은 사람과는 상관없는 도구이지만 예순이 지난 나에게는 필수품이 되었다. 겨울은 건조하기 때문에 가려워지고, 초여름부터 여름까지는 땀이 나면 공연히 등이 간지러워진다.

40대에는 효자손을 사용하면 나이가 들었다는 사실을 인정하는 것 같아서 등이 가려워도 열심히 참다가 더 이상 참을 수 없을 때면 30센티미터 자로 긁었다. 하지만 50대가 되어서는 이게 뭐하는 짓인가 하고 생각을 고쳐먹고 효자손을 구입했다.

재질은 앞으로 오랫동안 사용할 것을 생각해서 천연목으로 골랐다. 끝은 손 모양은 아니지만 부드럽게 굴곡져 있다. 한번 긁어 봤더니 당연한 일이지만 일직선의 자보다 훨씬 사용하기 편해서 하마터면 '어, 거기, 거기!' 하고 말하고 싶어질 정도로 기분이 좋았다.

효자손은 항상 일을 하는 노트북 옆에 두고 가려우면 바로 사용할 수 있게 했다. 어릴 때는 모기에 물리거나 땀띠가 날 때 가려웠는데, 나이가 드니 그런 이유도 없는데 몸이 가렵다. 나이가 들면서 가려움 물질이 몸에서 배어 나오는 것일까?

등긁개의 이름이 효자손(역주: 일본에서는 효자손을 '손주의 손'이라고 한다.)인 것은 손주가 긁어 주는 것 같은 따뜻함이 느껴지기 때문일 거라고 지인에게 말했더니 그는 다음과 같이 말했다.

"우리 손주에게 등을 긁어 달라고 부탁하면 얼마 줄 거냐고 꼭 물어봐. 그걸 생각하면 평생 사용해도 아무 말도 하지 않는 효자손한테 2,000엔 정도 내는 게 나을 거 같아."

손주가 있건 없건 어느 연령 이상의 사람들에게는 살아 있는 사람이 아니라 기다란 손 모양의 효자손이 필요하다.

젊은 사람들은 나처럼 종이를 귀
중품으로 생각하면서 자랐을까?
종이에 대해 어떤 감정이나 애착
같은 것을 가지고 있을까?

종이는 여전히 소중해

세상이 종이를 사용하지 않는 방향으로 움직이고 있다고는 하지만 나는 하는 일 때문에 종이를 배제할 수 없다. 생태학적인 관점에서는 페이퍼리스가 바람직할지도 모르겠지만 컴퓨터 화면만으로 퇴고가 불가능한 나는 작성한 원고를 A4 용지에 프린트해서 확인한 다음 마무리하고 있다. 종이 낭비라는 생각에 마음이 불편하지만 글자를 화면으로 보는 것과 인쇄해서 보는 것은 굉장히 다르기 때문에 미안하지만 이 방법을 계속 쓰고 있다.

내가 어린 시절에는 종이가 귀중품이었다. 나는 종이가 너무 좋아서 예쁜 광택이 나는 사탕 포장지의 구겨진 부분을 펴서 종이상자에 모았다. 2년에 한 번 정도 근처 가게에서는 살 수 없는 초콜릿 같은 것을 받으면 물론 먹는 것도 좋았지만 먹은 후에 남은 금색이나 은색 포장지를 모으는 것이 정말 행복했다. 왜 그런 것을 좋아했는지는 모르겠지만 당시의 나에게는 보물과도 같았다.

어린 시절에 종이를 소중하게 생각하던 마음이 여전히 남아 있어서 지금도 나는 뒷부분이 하얀 종이는 절대로 버리지 않는다. 원고를 인쇄하는 종이는 양면을 사용할 수 있기 때문에 뒷면이 비치지 않는 두께의 종이를 사용한다.

집으로 오는 서류도 양면 인쇄인 경우는 읽고 재활용 쓰레기로 버리지만 뒷면이 하얀 종이는 모아 둔다. 어느 정도 모이면 클립으로 고정시켜서 메모지로 사용한다. 그런데 지금은 이것이 너무 많이 쌓여서 '재고 과잉'이 되어 버렸다.

메모지를 매일 수십 장 사용하는 것도 아니고, 장을 볼 때 잊지 않도록 필요한 것을 적어 두거나, 인터넷 쇼핑할 때 입금계좌 번호와 금액을 적어 두거나, TV에서 나오는 간단한 레시피를 써 두거나 하는 정도이다. 많을 때도 하루에 2~3장 정도만 사용하기 때문에 메모지의 두께가 1센티미터 정도 되는 것이 10묶음 이상이나 남아 있다.

이것을 다 써야 한다는 생각에 글자를 크게 쓰거나 용건 하나당 종이 한 장을 쓰거나 해서 가능한 한 소비하는 쪽으로 하고 있지만 그러는 동안에 새로운 서류들이 집으로 오기 때문에 메모지는 전혀 줄어들 기미가 보이지 않는다. 내가 살아 있는 동안 이 메모지를 다 사용할 수 없을지도 모른다는 생각에 걱정이 많다.

예전에는 집집마다 전화기가 있고, 그 옆에는 반드시 필기도구와 메모지가 있었다. 메모용으로 광고 전단지 뒷면을 사용한 기억이 있다. 하지만 지금은 전화기가 없는 집도 많고 굳이 메모하지 않아도 메일이나 메신저의 대화 이력을 확인하면 된다.

지금의 젊은 사람들은 나처럼 종이를 귀중품으로 생각하면서 자랐을까? 종이에 대해 어떤 감정이나 애착 같은 것을 가지고 있을까? 나처럼 과자 포장지 같은 아주 작은 종이를 모으거나 뒷면이 하얀 종이를 모아서 계산용지로 사용한 경험이 있을까? 문득 이런 생각이 들었다.

가게 앞에서 기다리고 있으면 주
인이 숨을 헐떡거리며 달려왔다.
혼자 사는 할머니에게 배달하러
갔다 왔다고 미안해하며, 기다리
게 했다고 귤을 2개 더 넣어 주기
도 했다.

정직한 가게가 그립다

지금 사는 곳으로 이사를 온 지 23년 정도 되었다. 막 이사를 왔을 때는 역 앞의 작은 상점가에 신선한 생선을 파는 가게도 있고 주인 혼자서 현지에서 직접 가져온 채소, 과일, 정육을 파는 가게도 있어서 살 수 있는 것이 굉장히 많았다. 하지만 내가 굉장히 좋아했던 생선가게는 10년 전쯤 문을 닫았고 주인 혼자서 운영하던 가게도 수년 전에 문을 닫았다.

두 곳 모두 정직하고 느낌이 좋은 가게였다. 생선가게 여주인은 나이 많은 고객이 생선을 사러 오면 일부러 생선이 든 상자 뒤쪽에서 앞으로 나와서 장바구니에 생선을 넣어 주었다. 가격이 저렴한 이유를 물어보면 고객에게 확실하게 설명해 줬다. 회의 양이 많아서 망설이는 고객에게는 안에서 생선을 손질하던 여주인의 형제와 아버지가 "조금 기다리세요. 새로 만들어 드릴게요." 하고 말했다.

주인 혼자 운영하던 가게에 장을 보러 갔을 때 부재중이라 가게 앞에서 기다리고 있으면 5분 정도 후에 주인이 숨을 헐떡거리며 달려왔다. 근처에 혼자 사는 할머니에게 채소를 배달하러 갔다 왔다고 미안해했다. 대량 판매도 기대하기 어렵고 주인 혼자서 일하는 것도 힘들 텐데 기다리게 했다고 귤을 2개 더 넣어 주기도 했다. 이런 다정한 주인이 하는 가게가 없어진 것은 아주 속상한 일이다.

안타깝게도 역 앞 상점가에 남아 있는 가게는 내가 좋아하지 않는 곳뿐이다. 과일가게에 장을 보러 갔을 때 여주인이 싸게 줄 테니까 딸기를 두 팩 가져가라고 계속 말했다. 혼자 살기 때문에 다 먹을 수 없다고 거절하면 노골적으로 싫은 얼굴을 했다. 가게의 사정이 있어서 싸게 해서라도 다 팔려는 마음은 알겠지만 이쪽도 사정이 있기 때문에 그것으로 기분이 상하기는 싫다.

또 한 곳은 약국인데 여행 때 사용하던 귀마개가 오래되어 새로 사러 갔다. 초로의 주인에게 상품명을 메모한 종이를 보여 주며 물어봤다.

"이 제품 있나요?"

그런데 주인은 다른 상품을 가지고 왔다. 내가 같은 회사 제품이지만 소형으로 나온 것이라고 설명하자 주인은 그런 제품은 안 나온다고 우겼다.

나는 화가 나서 말했다.

"제가 그 제품을 가지고 있는데 안 나온다고 거짓말하지 마세요."

그러니까 주인은 다른 곳을 보며 안 들리는 척했다. 다른 직종이라면 모르겠지만 약국 주인이 거짓말을 하는 것은 너무한다는 생각이 들어서 이후로 그 약국은 가지 않는다.

현재는 상점가에 빈 점포가 생기면 거의 치과나 미용실만 들어오는 상황이다. 역 주변에 치과는 6곳, 미용실은 7곳이 있다. 없으면 불편하지만 그 정도로 많을 필요는 없다. 다음에 살게 될 곳에는 어느 한 업종으로 치우치지 않고 정직한 주인이 많은 상점가가 있으면 좋겠다고 진심으로 바랐다.

분명히 앞으로도 의미를 알기 어려운 영어 약어가 더 많이 등장할 것이다. 나는 더 이상 따라가기 힘들 것 같아서 영어 약어는 깨끗하게 포기하기로 했다.

의미를 알기 어려운 약어

일본어는 약어가 많은 언어이다. 흔히 쓰는 말 중에도 콘비니(컨비니언스 스토어), 스마호(스마트폰), 파소콘(퍼스널 컴퓨터), 데파토(디파트먼트 스토어) 등 약어라고 생각하지 않고 사용하는 말이 많다. 야구의 세 리그, 퍼 리그도 각각 센트럴 리그, 퍼시픽 리그라는 의미이지만 생략하지 않고 말하는 사람이 더 적을 것이다.

이 정도라면 나도 따라갈 수 있을 텐데, 예전에 인터넷 접속 서비스와 관련해서 직원이 전화를 걸어 "고객님 댁의 OS는 뭔가요?" 하고 물었을 때 무슨 말인지 이해하지 못했다.

"OS가 뭐죠?"

내가 이렇게 물었더니 상대방 직원이 친절하게 다시 알려줬다.

"윈도와 맥 중에 어떤 것을 사용하시나요?"

그래서 의미를 알 수 있었다.

가타카나 명칭도 어렵지만 영어 약어는 거의 포기 상태이다. 트위터나 인스타그램 같은 SNS가 등장하면서 이런 알 수 없는 영어가 더 늘어나 나 같은 늙은이는 따라가기가 어렵다.

'HN'이라는 말을 처음 들었을 때도 무슨 말인지 고개를 갸웃거렸다. 그리고 이것이 인터넷상에서 본명 대신 사용하는 이름, 핸들 네임(handle name)이라는 사실을 알고 '그렇구나.' 하고 고개를 끄덕였다.

이렇게 조금씩 영어 약어를 외우고 있었는데 얼마 전에 인터넷에서 젊은 여성이 쓴 "화장품 가게의 BA 씨가 추천해 줘서 사 왔다."라는 문장을 보았다. 'BA 씨'가 누군지 알 수 없어 이런저런 추측을 하다가 인터넷에서 일정 연령 이상의 여성을 매도할 때 'BBA'라고 부른다는 사실을 떠올렸다.

B가 하나 없지만 비슷한 단어인 건지, '씨'가 붙어 있으니 나쁜 의미로는 쓰이지 않은 건지, 화장품을 사러 간 것이니 'BA 씨'도 여성인 건 아닌지 등 여러 방면에서 추리한 결과 '화장품 가게의 할머니가 추천해서…'라는 말을 요즘 식으로

쓴 것이라고 내 나름대로 해석했다.

그런데 다른 날 인터넷에서 다른 'BA 씨'를 발견했다. 마찬가지로 화장품 가게 이야기였다. 화장품 매장에 할머니들이 그렇게 많은 게 이상하다고 생각하면서 다른 문장을 읽어 봤더니 'BA 씨'는 할머니가 아니라 미용직원(역주: 백화점 화장품 매장이나 드럭스토어에서 화장품을 판매하는 사람), 즉 '뷰티 어드바이저'라고 불리는 여성을 지칭하는 것이었다.

이런 말로 바뀌었다는 것을, 그리고 줄여서 'BA 씨'라고 부른다는 것을 60년 이상을 살다가 처음으로 알게 되었다. 분명히 앞으로도 의미를 알기 어려운 영어 약어가 더 많이 등장할 것이다. 나는 더 이상 따라가기 힘들 것 같아서 영어 약어는 깨끗하게 포기하기로 했다.

한 해 한 해 더 나이를 먹었지만
덜렁거리는 성격은 전혀 변하지
않았다. 지금도 '이건 아니지.' 하
고 나 자신도 이해가 안 되는 어이
없는 실수를 저지르고 있다.

여전히 어이없는
실수를 저지른다

한 해 한 해 더 나이를 먹었지만 덜렁거리는 성격은 전혀 변하지 않았다. 지금도 '이건 아니지.' 하고 나 자신도 이해가 안 되는 어이없는 실수를 저지르고 있다.

얼마 전에 원고의 지급명세서가 도착했을 때의 일이다. 봉투를 찢어 명세서를 꺼내서 눈에 들어온 숫자를 보고 7자리 숫자에 마음이 들떴다.

'어? 이 정도로 많이 받는 건가?'

하지만 그 정도의 돈을 받을 일은 한 적이 없었다. 아니면 내가 모르는 곳에서 '저작권' 관련으로 돈이 들어온 건지 다시 한 번 침착하게 명세서를 살펴봤다. 그랬더니 그것은 내 계좌 번호였다. 그리고 서류 아래쪽에 5자리 숫자가 적혀 있었다.

'그러면 그렇지.'

상황을 납득하면서도 내 자신이 한심해서 참을 수 없었다. 다이어트 때문에 과자를 너무 안 먹으면 검은색 비누가 양갱으로 보이고, 건물 리모델링 현장에 떨어진 나무 부스러기가 바움쿠헨으로 보인다고 하던데 나도 돈에 대한 집착이 있는 것인지 무척 부끄러워졌다.

최근에 TV에서 중국요리집에서 탤런트 몇 명이 식사를 하는 장면이 나왔다. 화면에는 '목수 비치리'라는 단어가 나왔다. 좀 이상하다는 생각이 들었다.

'목수 비치리가 뭐지? 지금은 특이한 가게 이름도 많으니까 그런 가게인 걸까? 근데 목수는 그렇다 치더라도 비치리는 뭐지?'

주인이 목수 출신이고 비치리는 다른 지방의 사투리로 어떤 의미가 있을지도 모른다고 생각했다. 그런데 그 이상한 '목수 비치리(大工ビチリ)'가 사실은 큰새우(大エビ)를 사용한 '큰새우칠리(大エビチリ)'라는 사실을 알고 혼자서 TV 앞에서 굳어 버렸다.

동거인이라도 있었으면 "내가 잘못 봤네. 하하하!" 하고 웃고 넘겼을 텐데 주위에는 늙은 고양이 한 마리뿐이었다. 아무리 그래도 고양이에게 그 이야기를 할 수는 없으니 내 안에서 커져 가는 한심함과 부끄러움을 혼자 처리할 수밖에 없었다. 그 결과 나온 것은 "카하하하하!"라는 건조한 웃음소리와 한숨이었다.

젊었을 때는 예순을 지난 사람은 모두 어른이고 무슨 일이 일어나도 태연할 거라고 생각했다. 나도 경험이 쌓여 그렇게 될 거라고 생각했지만 실제는 이런 상태이다. 안타깝게도 앞으로도 계속 이럴 것 같다는 생각이 든다.

예고도 없이
나이를 먹고 말았습니다

초판 1쇄 인쇄 2022년 2월 9일
초판 1쇄 발행 2022년 2월 16일

지은이 무레 요코
옮긴이 이현욱

발행인 장상진
발행처 (주)경향비피
등록번호 제2012-000228호
등록일자 2012년 7월 2일

주소 서울시 영등포구 양평동 2가 37-1번지 동아프라임밸리 507-508호
전화 1644-5613 | **팩스** 02) 304-5613

ISBN 978-89-6952-494-2 03830

· 값은 표지에 있습니다.
· 파본은 구입하신 서점에서 바꿔드립니다.